বৃত্ত

বিশ্বজিৎ হাজারী

বিষয়বস্তু

দেখা

হাত

ঘোর

বালি

চিঠি

Thanks And Thoughts

দেখা

May 17, 2014 (22:37)

শোবার পড়ে আলোটা বন্ধ করতে আজ যেনো ঘরটা বেশিই অন্ধকার মনে হচ্ছে অর্পিতার। তার জীবনটাও যেনো ঠিক এতটাই অন্ধকার হয়ে আছে এখন।

সুমিত - কি ভাবছো মাথায় হাত দিয়ে? তোমাকে এখন যখনই দেখি শুধু মনে হয় সারাক্ষন কিছু না কিছু ভাবো। তোমাকে তো বলেছি আর কিছুদিনের মধ্যেই একটা ঠিক নতুন কাজ পেয়ে যাবো।

অর্পিতা - সে তুমি ওই কথাটা অনেকদিন থেকেই বলছো। আচ্ছা মালিকেরা কি লাভ আর টাকা ছাড়া কিছুই ভাবে না? তারা কি তোমাদের কাজ থেকে বার করার আগে একবারও ভাবেনি যে তোমাদের ও একটা সংসার আছে।

"তারাই বা কি করবে বলো, তাদের কোনো না ইনকাম হলে শুধু শুধু তো তারা আমাদের বসিয়ে মাইনে দিতে পারে না। আমি তো শুধু একা না, সবাইকে তারা কিভাবে প্রতি মাসে টাকা দেবে তাদের নিজেদের যদি না কোনো ইনকাম হয়। এখন

তো সবাই এর মুখে শুনছি আর কিছুদিন পর পুরো ফ্যক্টরি টাই বন্ধ হয়ে যাবে।"

"কিন্তু তাহলে তারা কাজ থেকে বার করার আগে তোমাদের অন্য কোথাও কাজের বেবস্থা করে দেইনি কেনো?"

"ওইরকম হয় নাকি, আর আমাদের মতো লেবার দের নিজেদেরই কাজ খুঁজে নিতে হয়।"

"তুমি যদি আমার জন্য পড়াশোনা টা না ছাড়তে তাহলে তোমাকে এই দিন দেখতে হতো না।"

" তুমি এখন আবার নিজেকে দোষ দিচ্ছ কেনো। আমার পড়াশোনা ছাড়া, তোমাকে বিয়ে করা সেটা পুরোটাই আমার ডিসিশন ছিলো। তোমাকে ছাড়া আমি হয়তো বাঁচতাম ও না, আজ বেঁচেও আছি আর তোমার সাথে সুখে বেঁচে আছি যেটা আমাদের দুজনেরই সপ্ন ছিল। বেকার এইসব পুরানো কথা ভেবোনা, তুমি একটু সময় এর অপেক্ষা করো আমাদের ভালো দিন আবার ফিরে আসবে। তুমি এখন একটু চোখ বুঝিয়ে ঘুমাও তো।"

"হুম।"

অর্পিতা তার চোখ গুলো হয়তো বন্ধ করলো কিন্তু চোখের সামনে এতো অন্ধকারেও সে যেনো তার আগের সুখের দিন গুলো পরিস্কার দেখতে পাচ্ছে।

September 4, 2011(11:03)

ভাঙ্গা রাস্তার ওপর দিয়ে যাওয়া বাসের ঝাকুনিও অর্পিতার কাছে যেনো দোলনার দুলুনি মনে হচ্ছে। সে সুমিতের কাধে মাথা দিয়ে বাইরের সব দৃশ্য দেখছে। তারা আজ চিড়িয়াখানা ঘুরতে যাচ্ছে। অর্পিতার খুব ইচ্ছা কলকাতা শহর ঘোড়ার।

গরীব পরিবারে জন্ম হওয়ায় কোনোদিনও তার সুযোগ হয়নি কলকাতার চির পরিচিত জায়গা ভুলো ঘোড়ার। সে তার পরিবারের সাথে কোনোদিনও কোথাও ঘুরতে গিয়েছে বলে তার হয়তো মনে নেই। সে তার বাবার সাথে একবার কলকাতায় একটা হসপিটালে এসেছিলো ছোটোবেলায় এটাই একমাত্র তার মনে আছে।

যদিও কখনো তার বান্ধবীরা কোথাও ঘুরতে যেতো, টাকার অভাবে অর্পিতা তাদের কোনো না কোনো বাহানা দিয়ে যেত না। আর অর্পিতা নিজেও হয়তো তখন বুঝত যে তার পরিবারের অবস্থা তখন কেমন ছিল, আর অর্পিতাই সেই বাড়ির বড়ো মেয়ে ছিল। তার আরো ২ টো বোন আর একটা ভাই ছিলো। আর কোনো রকম টাকা সে নিজের ঘুরতে যাওয়ার ওপর খরচা করার আগে সে তার ভাই বোনের কথা ভেবেই হয়তো তার ইচ্ছা টাকে মনের মধ্যে চেপে রাখতো।

এখন সুমিত তার ঘোড়ার সপ্ন গুলো পূরণ করছে। তাদের বিয়ে হয়ে প্রায় ৭ মাস হয়েছে, আর এরই মধ্যে অর্পিতাকে সে ৩ বার ঘুরতে এনেছে কলকাতা শহরে।

তারা এই সবে বাসে উঠেছে, এখনও চিড়িয়াখানা যেতে অনেকটা পথ বাকি। অর্পিতার চোখ রাস্তার বাইরের দৃশ্য গুলোর দিকেই ছিলো।

এমন সময় বাস টা সেই জায়গা টার কিছুটা আগে দাড়ালো যেখানে অর্পিতার চোখ প্রতিবারেই চলে যায়,আর প্রতিবারেই তার মনে অনেক প্রশ্ন ঘোরে।

অর্পিতা - আচ্ছা সুমিত ওই মেয়েটাকে দেখো কত সুন্দর দেখতে তাও ও এইরকম কাজ করছে কেনো? ও তো পারলে কোনো নায়কা বা মডেল হতে পারতো, এইরকম টাকার বিনিময়ে শরীর দেওয়ার কি কোনো মানে হয়?

সুমিত - ওরা কিসের চাপে বা অভাবে এই কাজ গুলো করে সেটা তুমি জানো না আমি জানি।

"কী এমন অভাব হতে পারে যে টাকার বিনিমলে সে তার সব থেকে মূল্যবান জিনিস তার সম্মান ও শরীর দুটোই বিক্রি করতে রাজি হয়ে গেছে?"

" তোমার সিনেমার নায়িকা গুলোর কিসের অভাবে কিছু টাকার বিনিময়ে গোটা সমাজের সামনে তাদের জামা খুলে দেই? তবুও এরা বন্ধ ঘরের মধ্যে এদের জামা খুলছে। ৫০০ টাকার বিনিময়ে জামা খুললে সে গণিকা আর ৫০ হাজার টাকার বিনিময়ে সবার সামনে জামা খুললে সে নায়কা? আবেগে কাপড় খুললে সে girlfriend আর অভাবে কাপড় খুললে সে গণিকা?"

"আমি তো তোমাকে শুধু জিজ্ঞাসা করলাম, তুমি আমার ওপর রেগে যাচ্ছো কেনো?'

"আমি রেগে যায়নি, আমি তোমার প্রশ্নের উত্তর টা দিলাম। প্রশ্ন টা টাকার বিনিময়ে কাপড় খোলা না, কারণ সেটা তোমার নাইকারাও করে। প্রশ্নটা হলো কে কোন পরিস্থিতি তে কাজ টা করছে আর সমাজ কোনটাকে কোন চোখে দেখছে। আজ ওরা যে ভাবে সমাজের সামনে পরিচিত, সেটার জন্য সমাজ নিজেই একমাত্র দোষী। সমাজে ওদের কোনোদিনও না প্রয়োজন পড়লে ওরা সবাই হয়তো এই কাজ না করে আজ তোমার মতো ওদের মনের মানুষের সাথে বিয়ে করে ওদের মতো সুখে বাঁচতো। শুধু সমাজের ওদের প্রয়োজন আছে বলে সমাজ ওদের এইরকম ভাবে ব্যবহার করছে।"

"আচ্ছা বুঝেছি বাবা। আমি আর এই বিষয় এ তোমাকে কখনো কিছু বলবো না ঠিকাছে। তুমি যা বোঝালে আর যেভাবে বোঝালে ঠিক মনে থাকবে আমার। এবার একটু শান্ত হও, এই নাও একটু বাদাম খাও।"

সুমিতের সঙ্গে অর্পিতার প্রায় সময়ই সব জিনিস নিয়ে তর্ক হয়, দুজনেই একে অপরকে কে ভুল প্রমাণ করার চেষ্টায়। এই কারণে তাদের মধ্যে একটুতেই ঝগড়া হয়। এত ঝগড়ার পরেও কিন্তু তারা একে অপরকে খুবই ভালোবাসে।

হয়তো এই ছোটো ছোটো ঝগড়া গুলোই তাদের ভালোবাসার অস্তিত্বটা বজায় রেখেছে।

চিড়িয়াখানা থেকে ঘুরে আসার সময় অর্পিতার চোখে সেই মন্দির টা পড়লো যেখানে তারা পালিয়ে এসে বিয়ে করেছিলো।

অর্পিতা - এই সুমিত তোমার কিছু মনে পড়ছে সেইদিনের কথা গুলো মন্দির টা দেখে?

সুমিত - হুম মনে পড়ছে কিন্তু আমি প্রতিদিন দেখি মন্দির টা, তাই আমার দেখে দেখে অভ্যাস হয়ে গেছে।

"আচ্ছা সুমিত এখানে একদিন বিকালে ঘুরতে আসা হবে।"

"আচ্ছা ঠিকাছে বাবা, এখন তো ঘরে চলো।"

February 26, 2011(18:21)

সুমিত - ঘরের কেউ জানে তুমি কোথায় এখন?

অর্পিতা - না, বাড়িতে বলেছি ওষুধ কিনতে যাচ্ছি।

"তুমি সবকিছু দুবার ভেবে বলছো তো? কারণ যারা তোমাকে জন্ম দিলো, যারা তোমাকে মানুষ করলো আর তোমার ভাই বোন সবাইকে ছেড়ে সত্যি তুমি আমার কাছে আসতে চাও?"

"হ্যাঁ,আমি সব কিছু ভেবেই বলছি। তারা যদি আমাদের ফিলিংস না বুঝতে পারে, তুমি হিন্দু বলে তোমার সাথে একবার কথাও যদি না বলতে পারে তাহলে আমি তাদের অন্ধবিশ্বাস আর জেদের জন্য আমার ভালোবাসাকে বলিদান দিতে পারবনা আর দিতে চাই ও না। আর আশাকরি আমার ভাই বোনেরা আমাকে বুঝবে। আমি তাদের যতটা ভালোবাসি তারাও আমাকে ঠিক ততটাই ভালোবাসে। আর ঘর থেকে আসা র সময় আর্বিনা নিজে আমার হাত ধরে বলেছে দিদি আর কিছু ভাবিস না, সারাজীবনটা কষ্ট করে কাটালি এবার অন্তত নিজের ইচ্ছা মতো বাঁচ। কাল দেখাশোনাই আসা লোকেদের কি বলবে সেটা বাবা বুঝবে যেমন সে জোরকরে তোর বিয়ে দিতে চাইছে। তোকে আর ভাবতে হবে না সেই বিষয় এ, তুই এবার তোর সামনের জীবনের বিষয় এ ভাব।"

"সত্যি বলতে আমি কখনো ভাবিনি যে তোমাকে আমি সত্যি আমার জীবনে কখনো পাবো অর্পিতা। কিন্তু আজ যদি এটা বাস্তব হয় তাহলে তোমাকে কথা দিচ্ছি আজকের পর তোমার চোখের জল আর কোনোদিনও পড়তে দেবো না।"

"আর সুমিত তুমি কী একবারও ভেবেছো এখন যদি আমাকে বিয়ে করো তাহলে তোমার পড়াশোনার কি হবে? আর তোমার বাবা মা ছাড়া বাড়ির আর সবাই কী আমাকে মেনে নিতে পারবে?"

"আজকের পর থেকে সব জিনিসের দায়িত্ব আমি নেবো। আমার পড়াশোনার, আমাদের পরিবারের আর তোমার। তুমি শুধু আমার পাশে থেকো। আর আমি জানি তোমার এই মিষ্টি গালে টোল পড়া হাসিতে সবাইকে তুমি নিজের মতো মানিয়ে নেবে।"

অর্পিতা - তুমিকি এই টোল পড়া হাসির জন্য আমাকে বিয়ে করছো?

সুমিত - হ্যাঁ গো পাগলি।

March 27, 2013 (01:23)

অর্পিতার চোখের জল তার গালে ঠোটে লেগে শুকিয়ে দাগ হয়েগেছে। কিন্তু সে তার হাসিটাও আটকাতে পারছে না। হয়তো এই দিনটার জন্য সে কতদিন ধরে অপেক্ষা করছিল কে জনে।

আজ এই দিনটাকে পেয়ে সে নিজের আর সামলাতে পারছে না।

সুমিত - তোমার মত হয়েছে না আমার মতো?

অর্পিতা - তোমার মা তো বললো আমার মতো দেখতে হয়েছে কিন্তু নাক টা তোমার মতো।

" কিন্তু আমার তো দেখে আমার মতো মনে হচ্ছে। "

"দেখতে যারি মতো হোক,বাচ্চার ওপরে তার মায়ের অধিকারটাই সবথেকে বেশি হয়। "

"সে হতে পারে, কিন্তু নাম টা আমি দেবো। "

"জানি তুমি কি নাম বলবে, 'অনুরাধা' তাই তো?"

"হ্যাঁ, তুমি কি করে জানলে?"

"তুমিতো বিয়ের আগে থেকেই বলতে মেয়ে হলে তার নাম হবে অনুরাধা। একবারও তো আমার ইচ্ছাটা জিজ্ঞাসাও করনি। "

"এই তো তুমি বললে ওর ওপর তোমার অধিকার বেশি, আমি কি তখন কিছু বললাম। আচ্ছা তুমি কি এইসময়ে ও এইটা নিয়ে ঝগড়া করতে চাও?"

এই তোদের এবার ঝগড়া শেষ হলে আমাদেরও দেখতে দে। সুমিত তুই গিয়ে জানালা টা খোল, ঠাকুমাকে আলোয় দেখতে দে আগে। এতগুলো সিড়ি ভেঙে ওপরে উঠেছে

শুধু তোদের বাচ্চাকে দেখবে বলে।

October 11, 2015 (23:01)

অর্পিতা - তুমি আজও মদ খেয়ে এসেছো। ঘরে একটা ২ বছরের মেয়ে আছে, তোমার কি কোনো আর জ্ঞান লজ্জা নেই? আমার কি একটুও কথা তুমি আর শুনবে না?

সুমিত - তুমি কি আমার কথা আর শোনো। তোমাকে কতো বার বলেছি তুমি কাজে যেওনা, তুমি কি একবারও আমার কথা শুনেছ?

"তোমার কি মনে হয় তুমি যে সপ্তায় ২ দিন কাজে জাও আর ২ দিন যাওনা এতে কি আমাদের সংসার টা চলবে? অনুরাধার কথা কি একবারও ভেবেছো, যে একটা বাচ্চা হিসাবে তার কি কি প্রয়োজন? একটা বাচ্চাকে শুধু দুধ আর থাবার থাইয়ে দিল সে মানুষ হয়ে যায়না। কখনো ওর ইচ্ছা টুকু জানতে চেয়েছো? কখনো ওর সাথে সময় কাটিয়েছো? আজপর্জন্ত একটা ভালো জামাকাপড় কিনে এনে দিয়েছো ওকে?

"আমি কি ইচ্ছা করে তাকে জামাকাপড় কিনে দেইনি না ইচ্ছা করে মদ খেয়ে ঘরে ঢুকছি। আমি আর এইসব চিন্তা মাথায় রাখতে পারিনা। ঘরের লোন, সংসার খরচ তোমাকে সময় দেওয়া কতকিছু আমি মাথায় রাখবো? আমি আর এইরকম ভাবে থাকতে পারিনা। তোমরা না থাকলে হয়তো অনেকদিন আগেই আমি গলায় দড়ি নিয়ে নিতাম।"

" কিছু হলেই এখন মরার কথাটা কত সহজে বলে দাও। একবারও কি মেয়ের মুখটাও তোমার মনে পড়েনা ওই কথা টা মুখে আনার আগে? আমি কি চেষ্টা করছিনা সবকিছু ঠিক করার? ১ বছর আগে তুমি বলেছিলে আর কিছুদিন ধৈর্য ধরো আবার আমাদের ভালোদিন গুলো ফিরে আসবে। সেটা কি আজ পর্জন্ত এসেছে? সেই দিনটাকে আনার জন্য, তোমার মুখে আমার হাসি দেখার জন্য, অনুরাধার জন্য আমি এত চেষ্টা করছি তোমাকে সাহায্য করার আর তুমি সেই একই কথা বলো আমাকে কাজে যেতে হবে না।"

"তুমি আমার জায়গায় থাকলে বুঝতে আমার কিরকম অনুভব হয়। বাইরে গেলে তোমাকে নয় আমাকে শুনতে হয় যে বড় ঘরে বসে আছে আর বউ বাইরে থেকে টাকা

এনে দিচ্ছে।"

"তোমার কাছে তাদের মন্তব্য আগে না আমরা আগে?"

"এইরকম দিন আমার জীবনে কখনো আসত না আমি যদি আমার পড়াশোনাটা কমপ্লিট করতাম আগে। তাহলে আমি কোথাও একটা ভালো জায়গায় কাজ করতাম আমার বন্ধু গুলোর মতো।"

"তার মানে এখন তুমি বলছো এইদিন গুলো তোমাকে আমার জন্য দেখতে হচ্ছে?"

"আমি এটা বলছিনা, তবে এটাই হয়তো বাস্তব।"

October 14, 2012 (11:31)

অর্পিতা - আচ্ছা আজকে আকাশটা দেখো কতো পরিষ্কার আর নীল দেখাচ্ছে।

সুমিত - হম, সে তো ঠিক আছে কিন্তু তুমি তোমার মাথাটা ভালো করে গার্ড করো, আমার মুখে রোদ পড়ছে।

"তুমি এই শেষ বার শুয়ে নাও কোলে মাথা দিয়ে কারণ কিছুদিন পর আমার ছেলে এই জায়গা টা দখল করে নেবে।"

"তুমিও এই শেষ বার ঘুরে নাও, ভিক্টোরিয়া মেমোরিয়াল দেখার সখ ছিলো মিটিয়ে দিলাম আজ এবার তুমি আর ঘোড়ার বিষয়ে নয়, যে অথিতি টা আসছে তার বিষয়ে ভাবো।"

" আচ্ছা আমাদের ছেলের কি নাম দেওয়া হবে?"

"ছেলে নয়, মেয়ে হবে আমাদের। আর তার নাম দেওয়া হবে অনুরাধা।"

" আচ্ছা সুমিত ছেলে হোক বা মেয়ে, আমরা এখন যেখানে থাকি ওখানে কি তারা বড়ো হতে পারবে? মানে একেই ঐটুকু ঘর, সব জিনিস পড়ে ঠাসা। টালির ছাদ এমন বর্ষায় বৃষ্টি পড়ে। তোমার তো এই মাসে মাইনেও বাড়িয়েছে তুমিকি কোনো একটা

বেবস্থা করে নতুন একটা ছাদের ঘর করতে পারবে না?"

"তোমার কি মনে তোমার বলার আগে আমি এই বিষয় এ ভাবিনি? আমার তো সপ্ন ছিলো আগে ভালো ঘর করে তার পর তোমাকে বিয়ে করবো, কিন্তু সেই সুযোগ টা পেলাম কোথায়। তবে এখন আমি যা মাইনে পাচ্ছি তা দিয়ে অবশ্যই একটা লোন নিয়ে ঘর করবো ভেবেছি। কিছুদিন আগেই আমার কথা হয়েছে একজনের সঙ্গে এই বিষয় এ।"

" সত্যি বলছো?"

" হ্যাঁ গো বাবা সত্যি, সে আমার সাথেই কাজ করে একই জায়গায়। সে একজনকে চেনে যে খুব কম ইন্টারেস্ট এ লোন দেই। আর কিছু দিন পর নতুন ফেক্টরি খোলার কথা হচ্ছে, সেটা খুললে আমাদের মাইনে আরো একটু বেড়ে যাবে শুনছি, তখন আর কোনো সমস্যা হবে না লোন টা মেটাতে। আর সে জানে যে আমি এখন ওই বন্ধুটার সাথে একই জায়গায় ভালো মাইনের কাজ করছি, তাই সে টাকা দিতেও রাজি হয়েছে।"

" আচ্ছা তাহলে কি আমাদের সপ্নগুলো সত্যি পূরণ হতে চলেছে?"

" সময়ের অপেক্ষা করো সব হবে। শুধু আমরা যদি একেওপরের পাশে এইরকম ভাবে থাকি।"

July 21, 2017 (02:03)

চারিদিকের এতো শব্দেও অর্পিতার মনোজগ ঠিক একজায়গা তেই স্থির হয়ে আছে। দুপুরে টিফিনের ঘন্টা টা হয়তো আবার টেনে আনলো অর্পিতাকে এই জগতে।

মানসী - চল অনেক কাজ করেছিস। এবার খেয়ে নে। আজকে এত গরম পড়েছে যে বলার বাইরে।

অর্পিতা - তুমি খাও, আমার আজ খেতে ইচ্ছে করছে না। পারলে আমার টিফিন টা ব্যাগ থেকে নিয়ে সবাই মিলে খেয়ে নাও।

"১ বছর প্রায় হতে চললো তুই কি এখনও এইরকম ভাবে থাকবি? সে তো তোদের কথা একবারও না ভেবে চলে গেলো, তাবলে কি তুইও তোর মেয়েটার কথা ভাববি না?

৫ বছর তো বয়স হতে চললো তার, তাকে তো এবার তোকে স্কুল এ ভর্তি করতে হবে নাকি।"

"আরে আমার কিছু হয়নি, আমি ঠিক আছি। আজকে একটু মাথা টা ব্যাথা করছে তাই বললাম টিফিন খাবোনা।"

"এতদিন ধরে আমরা একসাথে কাজ করছি আর তুই আমাকে মিথ্যে কথা বলবি? ঠিকাছে মানছি আজ তোর মাথা ব্যাথা করছে কিন্তু তোর মুখে তো কিছু হয়নি। তুই কবে শেষ হেসেছিলিস তোর মনে আছে? সবাই বলে তুই হাসলে তোর টোল পড়া গালে তোকে খুব সুন্দর দেখতে লাগে। এখন তো মনে হয় তুই হাসলেও আর সেই টোল পড়বে না তোর মুখে।"

"না গো দিদি সেরকম কিছু না। একে এই মাইনের টাকায় যাহোক করে সংসার টা চলছে। কিন্তু এর ওপর সুমিত যে টাকা টা লোন নিয়েছিলো আমাদের জন্য ঘর বানানোর জন্য সেই টাকা টা এখন তারা চেয়েই যাচ্ছে। এখন আমি কোথা থেকে পাবো অত টাকা সেটাই ভাবি। সুমিত ঘর তো বানালো, কিন্তু যে কারণে ঘর টা বানাবে বলেছিল সেটা আর আমরা কোনো দিনো পেলাম না।"

"কত টাকা লোন নিয়ে ছিলো সুমিত?"

"৫ লাখ টাকা। এখন তারা প্রতি মাসে ঘরে এসে বলে যাই টাকার কথা, এমনকি ধমকি পর্যন্ত দিয়ে যাই। বলে টাকা না দিলে ঘর বিক্রি করে টাকা নিয়ে যাবে।"

"তোর শশুর মরার পর কিছু রেখে যায়নি?"

"না, যা আছে শুধু ওই জায়গা আর ঘর টুকু। আর মা তো ছেলে আর বড় এর শোখে মরা মানুষের মতো বেঁচে আছে এখন। মাঝে মাঝে কাজ থেকে ঘরে গেলে আমাকেও চিনতে পারে না মা।"

"আচ্ছা অর্পিতা তুই ভালো ইংলিশ বলতে পারিস?"

"কেনো, কি জন্য জিজ্ঞাসা করছো?"

"তোকে কাজের শেষে সুস্মিতা বলে একটা মেয়ের নম্বর দেবো তুই তার সাথে একবার কথা বলবি।"

" কি বিষয় এ?"

"কাজের বিষয় এ। ও কলকাতায় কোনো এক সিরিয়াল এর স্টুডিওতে কাজ করে। আমাকে কিছুদিন আগে বলছিলো যে দেখতে সুন্দর, চালাক, ইংলিশ বলতে পারে এমন মেয়ে থাকলে বলবি তো। ইংলিশ হয়তো না বলতে পারলেও হবে, তবে তুই এবার কথা বলে দেখবি। ওখানে হলে ভালো মাইনের হয়তো কাজ দেবে ওরা। তোকে তো এতো সুন্দর দেখতে। তুই একবার সন্ধ্যে ঘরে গিয়ে ওর সাথে কথা বলিস তো।"

Today November 23, 2019 (23:35)

জয় - আস্তে চালা গাড়ি, এত রাতে আবার এখানে পুলিশ ধরলেই হয়েগেলো, আমার বাবা তাহলে আমার চামড়া গুটিয়ে দেবে। তোরা কি আর কোনো দোকান পেলিনা? একটা জলের বোতল কেনার জন্য এখানেই আসতে হলো?

সুমন - তুই চুপ চাপ বস তো গাড়িতে। অত কথা বলছিস কেনো?

অভি - আরে এটাই তো একবার সুযোগ দেখার।

জয় - থামা, গাড়ি থামা। কোথায় নিয়ে চলে যাচ্ছিস? দে আমাকে টাকাটা দে তারা তারি একটা জলের বোতল কিনে আনছি। তোরা তো মনে হয় জানালা থেকে মুখ ও সরাবিনা। তোরা এমন করিস যেনো জীবনে কখনো মেয়ে দেখিসনি।

সুমন - এনে যা তুই টাকা নিয়ে যা, সিগারেট খেয়ে 5 মিনিট পরে আসবি।

অভি - ওই সুমন, সেই মেয়েটাকে দেখতে পেলি?

সুমন - হ্যাঁ, ঐতো লাল রঙের স্কার্ট পড়ে পিছনে দাড়িয়ে আছে ভালো করে দেখ।

অভি - হ্যাঁ দেখতে পেয়েছি। মেয়েটাকে কতো সুন্দর দেখতে বল। হাসলে গালে যে টোল পড়ে, কত সুন্দর দেখতে লাগে তাইনা।

সুমন - মেয়েটাকে যা সুন্দর দেখতে নায়কা বা মডেল হতে পারতো। কে জানে কিসের অভাবে এই কাজ করছে?

জয় - এই চল, জলের বোতল কেনো হয়ে গেছে। তারা তারি গাড়ি চালিয়ে এখান থেকে চল।

গাড়ির ধোয়া টা রাতের কলকাতা শহরকে আরেকটু কালো করে চলে গেলো দূরের দিকে। চারিদের নিস্তবতা শুধু মাঝে মাঝে ভাঙছে রাস্তার কুকুরের আওয়াজে।

আর দূরে পোষ্টারের আলোর নিচে কিছু মেয়ে দাড়িয়ে আছে তাদের জীবনের আর একটা অভিশপ্ত রাত কাটানোর জন্য।

-:সমাপ্ত:-

হাত

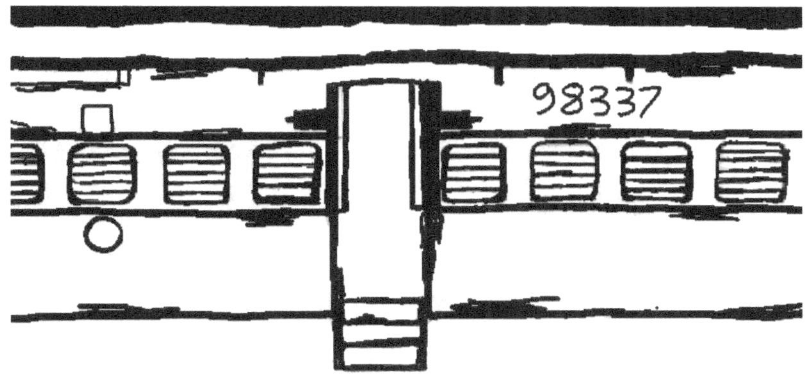

প্রতিদিনের মতো অভিজিৎ আজও অটোর ধারের সিট টাই বসেছে। প্রতিদিনের মতো আজও সবকিছু একই লাগছে শুধু অভিজিৎ কে ছাড়া। শীতের সকালের ঠান্ডা হওয়ার সাথে তার চুলগুলো যেনো অজান্তে নাচছে। সে প্রতিদিনের মতো আজ তার মুখটা একটু বাড়িয়ে আছে জানালার দিকে।

রীতিমতো স্টেশনের সামনে অটো এসে থামতে সে ভাড়া মিটিয়ে স্টেশনের দিকে এগিয়ে গেলো, আর অজান্তেই ভাবতে লাগলো যেটা সে সকালে ওঠার পর থেকেই ভেবে আসছে। সে তার ফোন টা বার করে আবারও সেই একই ম্যাসেজ গুলো দেখতে শুরু করলো যেটা সে অটোতেও বসে মাঝে মাঝে দেখছিল। ম্যাসেজ দেখতে দেখতে সে ট্রেন এ উঠে বসলো।

৯ ঘন্টা আগে - ঘরের সব আলো বন্ধ, অভিজিৎ একপাশ ঘুরে অন্ধকারের দিকে তাকিয়ে যেনো কিছুর অপেক্ষায় তাকিয়ে আছে।

কিছুক্ষন পর তার ফোনের আলো টা জ্বলে উঠলো, প্রিয়াঙ্কার ম্যাসেজ। হয়তো ১ ঘন্টার বেশি তারা একে অপরকে ম্যাসেজ করে যাচ্ছে কিন্তু হয়তো এই শেষ মেসেজ টা

অভিজিৎ এর কাছে সবথেকে বেশি ইমপরটেন্ট।

অভিজিৎ এর শেষ প্রশ্নের উত্তর টা সে পাঠিয়েছে। অভিজিৎ শেষ ম্যাসেজ টা পড়া শুরু করলো।

প্রিয়াঙ্কা লিখেছে - দেখ আমি তোকে ভালবাসি কি না সেটা না হয় তোর ওপরেই ছেড়ে দিলাম, কিন্তু আমার বাবা মা কোনো দিনো তোকে মানতে চাইনি, আর আজও মানেনি। তারা আজ আমার বিয়ে ঠিক করে দিয়েছে অন্য জায়গায়। তাই আমি কোনো দিনো তোকে বলিনি যে আমি তোকে ভালোবাসি আর ভালোবাসলেও কোনো দিনো বলতাম না কারণ আমি কোনো দিনো আমার বাবা মা র বিপরীতে যেতে পারবনা।

শেষ ম্যাসেজ টা পড়ে অভিজিতের চোখ থেকে জল পড়ছে কিনা কে জানে, কারণ ঘরটা এখন কয়লার মতো অন্ধকার। এক মাত্র অভিজিৎ ই জানে তার চোখ এখন ভেজা না নোনতা জল শুকিয়ে টেনে ধরে আছে তার চোখ দুটোকে। শীতের রাতে ঘরটার মধ্যে সব কিছু নিঃস্তব্ধ শুধু ঘড়ির কাটার আওয়াজ টাই জীবিত প্রাণীর পরিচয় দিচ্ছে।

জোরে বাঁশি দিয়ে ট্রেনটা প্লাটফরম ছাড়লো, সকাল ৮টা বেজে ৩০মিনিট এখন। অভিজিৎ আবার যেনো তার শরীরে ফিরে এলো। সে প্রতিদিনের মতো সেই একই সিট এ বসেছে যেখানে সে রোজ বসে। আজ তার বন্ধু রাহুল কাজে যাচ্ছে না তার সাথে, রাহুলের শরীর খারাপ তাই তার জায়গাটা ফাঁকা পড়ে আছে আজ।

অভিজিৎ জানালার বাইরের গাছ পালকে আর দূরে বালির মত দেখাচ্ছে ঘুড়ি গুলোকে লক্ষ দিয়ে দেখার চেষ্টা করতে লাগলো, যাতে অন্তত কিছুক্ষনের জন্য তার প্রিয়াঙ্কার কথা মনে না পড়ে। কিন্তু মাঝে মাঝেই সে আবারও তার ফোন খুলে আগের দিনের ম্যাসেজ গুলো দেখছে। তার কাছে হয়তো এখন এটাই শেষ স্মৃতি আছে প্রিয়াঙ্কার।

অভিজিৎ আবারও ফোনের ডিসপ্লে টা বন্ধ করে বাইরের দিকে দেখার চেষ্টা করতে লাগলো।

এইরকম কিছুক্ষণ চলার পর সে আবারও মনোযোগ হারালো গায়ে ধাক্কা লাগার ফলে। রাহুল আজ না আসায় অভিজিৎ এর পাশের সিট এ মানে রাহুলের জায়গায় অন্য কেউ বসেছে আজ।

১ ঘন্টা আগে টালিগঞ্জ স্টেশন এর কাছে কোথাও -

সকাল ৭টা বেজে ৩০ মিনিট, অরূপের ঘুম ভাঙলো ট্রেনের আওয়াজে আর কম্পনে। তাকে ডেকে ঘুম থেকে তোলার কেউ নেই, ছোটবেলার প্রায় ১২ বছর বয়সে মাকে হারানোর পর দিদি ছিলো তার একমাত্র সমতুল্য মা। কিন্তু মা মারা যাবার ৩ বছর পর ১৫ বছর পর সে দিদিকেও হারিয়ে ফেলে। তার বাবা মদ খেয়ে বস্তির বিভিন্ন দিনে বিভিন্ন জায়গায় পড়ে থাকে।

মুখ ধুয়ে আগের রাতের বেঁচে থাকা থাবার খেয়ে সে ঘর থেকে বেরিয়ে পড়লো। ঘর থেকে বেরিয়েই পোস্টারের কাছে আজও অপু হয়তো একমুহূর্তের জন্য দাড়িয়ে পড়েছিল। কারণ এখানেই তার দিদি মারা গিয়েছিল। সে হয়তো কোনো দিনো এই জায়গা টা আর তার দিদির বলা শেষ কথা গুলো মন থেকে মুছে ফেলতে পারবে না, অন্য কোথাও চলে গেলেও।

অপু কোনো দিনো নেশা করেনি কিন্তু সে আজ একটা সিগারেট কিনলো স্টেশন এ এসে।

সিগারেট টা ধরানোর সময় শুনলো ৩ নম্বর প্লেটফোমে ট্রেন ঢুকছে। সিগারেট টা শেষে হওয়ার আগেই ট্রেন টা স্টেশন এ ঢুকতে শুরু করেছে। সে কাস্তে কাস্তে সিগারেট টা অদ্দেখ খেয়ে বাকিটা ট্রেন লাইনের ওপর ছুড়ে ফেলে চোখ বন্ধ করে জোরে একবার নিঃশ্বাস ছাড়লো।

ট্রেন এসে থামতে সে ট্রেনে উঠলো, ভিতরে ঢুকে সে যেদিকেই তাকালো প্রায় সব সিট ই ফুল। সে শেষ একটা সিট ফাঁকা দেখে তারা তারি সেটাই গিয়ে বসলো এবং এই চেষ্টায় আগে থেকে পাশের সিটে বসা অভিজিতের গায়ে তার হালকা ধাক্কা লাগল।

অভিজিৎ আবার জানালার দিকে তাকালো। অপু জানেনা কেনো তবে তার বুক টা অনেকক্ষন ধরেই জোরে ধুক পুক করতে শুরু করেছে। সে শান্ত হওয়ার চেষ্টা করলো। সে বুঝল সিগারেট টা খেয়েও কোনো লাভ হয়নি। প্রায় ১০ মিনিট সে ট্রেনর এদিক ওদিক দেখলো ভালোকরে।

আর ২০ মিনিট পর ট্রেন তার শেষ গন্তব্য স্টেশন এ পৌঁছাবে। অভিজিৎ এখনও হয়তো ভাবছে সেই একই কথা, সে হয়তো নিজেকে প্রশ্ন করছে - সে আজ যদি এই ৭ হাজার টাকার মাইনের কাজ না করে কোনো ভালো জায়গায় কাজ করতো তাহলে

আজ হয়তো প্রিয়াঙ্কার বাবা মা তাকে মেনে নিত। সে হয়তো নিজেকে এখন প্রশ্ন করছে টাকাটাই কি সব এই পৃথিবীতে?

সে না চেয়েও এই কথা গুলো বার বার তার মাথায় আসছিলো।

অপু গোটা ট্রেন টা ভালো করে দেখার পর শেষ মেশ দেখলো যে তার পাশে যে বসে আছে সে অনেকক্ষন থেকেই অন্যমনস্ক হয়ে আছে।

কিছুক্ষন পর থেকে অপু অভিজিৎ এর দিকে লক্ষ দিতে শুরু করলো, আর সে দেখলো যে অভিজিৎ যেনো প্রায় অন্য কোনো চিন্তার দেশে চলে গেছে। তার শরীর এখানে থাকলেও তার মন যেনো অন্য কোথাও।

ট্রেনটা একটা জোরে বাঁশি দিয়ে আস্তে হতে শুরু করলো, সামনে হয়তো স্টেশন আসছে। সেই বাঁশির আওয়াজে ও অভিজিৎ এর কোনো পার্থক্য হলো না, সে এখনও যেনো আগেরদিন রাতের স্মৃতি গুলোর মধ্যে বেঁচে আছে।

এমনসময় হঠাৎ অভিজিতের যেনো ঘুম ভাঙলো, সে তার হাতে কিছু অনুভব করলো। হাতের দিকে তাকিয়ে দেখলো তার হাতে আর ফোন টা নেই।

হয়তো ১ সেকেন্ড এর ১০ ভাগের ১ ভাগ সময়ে দেখলো পাশে বসা সেই ছেলেটা তার ফোন টা নিয়ে দৌড়াচ্ছে। তার আশেপাশে সব কিছু যেনো প্রায় থেমে, সব কিছু যেনো খুবই আস্তে চলছে। ছেলেটাও যেনো জলের মধ্যে দৌড়ানোর চেষ্টা করছে।

অভিজিৎ কিছু বোঝার আগেই ছেলেটা তার ফোন নিয়ে প্রায় ১ মিটার দূরে চলে গেছে এতক্ষন।

অভিজিৎ একটা মধ্যবিত্ত বাড়ির ছেলে, সে অনেকদিন কাজ করে টাকা জমিয়ে ওই ফোন টা কিনেছে কিন্তু তার মাথায় তখন শুধু একটাই কথা এলো, প্রিয়াঙ্কার লেখা শেষ ম্যাসেজ গুলো, প্রিয়াঙ্কার সব স্মৃতি তার ওই ফোনে আছে।

আবার যেনো সব কিছু সাধারণ গতিতে চলতে শুরুকরলো, অভিজিৎ সেই মুহূর্তে শুধু ম্যাসেজ এর কথা ভেবে তার পিছনে দৌড়তে শুরু করলো।

অপুর বুক এখন সাধারণের থেকে খুবই জোড়ে চলছে, সে দৌড়তে দৌড়াতে হয়তো ১ সেকেন্ড এর ১০ ভাগের ১ ভাগ সময়ে ভাবছে যেটা সে করছে সেটা করা কি তার

ভাগ্যে লেখা ছিল না সেটা করা সে বেছে নিয়েছে। অপুর চোখের সামনে এখন তার ছোটো বেলার ঘটনা গুলো যেনো ভেসে উঠছে।

১৫ বছর আগে - একটা ছেরা প্যান্ট, গায়ে কোনো জামা নেই, চুলগুলো যেনো কোনো পাখির বাসা, হতে মুখে কয়লার কালো রং লেগে প্রায় ৭ বছরের একটা বাচ্চা স্টেশন এর সামনের বস্তির কাছে একা বসে আছে। হয়তো তার মা তাকে মেরেছে, সে এখন কাঁদছেনা কিন্তু নোনতা জলের দাগ তার গালে এখনও লেগে আছে। সন্ধ্যে প্রায় ৭টা, সে দেখলো দূর থেকে এক স্বামী-স্ত্রী গল্পঃ করতে করতে আসছে। অপুর বাড়ির সামনের ওই বস্তির রাস্তা দিয়ে মেন রোড এ গেলে কম দূরত্ব লাগে, তাই এই রাস্তা দিয়ে প্রায় সময়ই ট্রেনের যাত্রীরা যাতায়াত করে।

স্বামী-স্ত্রী টাকে দেখে তার বড়লোকই মনে হলো। সে এর আগে তার বন্ধুদের দেখেছে বড়লোকেদের কাছে টাকা চাইতে, কিন্তু সে আজপর্যন্ত টাকা চাইনি। সে ভাবতে লাগলো চাইবো কি চাইবো না কারণ সে হয়তো খালি পেটেই ওখানে ঘন্টার পর ঘন্টা বসে ছিল।

স্বামী-স্ত্রী টা তার সামনে আসতেও কিন্তু সে আজও চাইতে পারলনা। যেমন কোনো মানুষ কোনো ভিখারিকে দেখলে, তাকে দেওয়ার মতো টাকা পকেটে থাকলেও হাত টা পকেটের মধ্যেই মুঠো হয়ে রয়ে যায়, তেমন অপু ও হাত টা মুঠো হয়ে আটকে গেলো, সে চাইতে পারলো না।

স্বামী-স্ত্রী টা কিছু দূর চলে যেতে একটা চকচকে জিনিস তার চোখে পড়লো। সে উঠে গিয়ে দেখতে গেলো সেটা কি। সে সামনে গিয়ে দেখলো একটা সোনার কানের পড়ে।

কিছুটা দূরে গিয়ে স্বামী টার কোনো কথা শুনে স্ত্রী টা যেনো চেঁচিয়ে উঠলো। তার স্বামী তাকে বললো তোমার একদিকের কানের। স্বামী-স্ত্রী টা থেমে যখন ঘুরে দাড়ালো তখন তারা দেখলো দূরে সেই বাচ্চা টা কিছু একটা হাতে নিয়ে সেটা দেখছে।

একটা জোরালো চর মারার শব্দে অপুর মুখ টা ইট ধুলোর রাস্তায় ঠুকে পড়লো। তার নাখ থেকে গড়িয়ে বেরলো রক্তটা রাস্তার ধুলোর সাথে মিশে যেনো আলতার মতো দেখাচ্ছে।

সন্ধের জোনাকি ডাকছে, রাস্তায় অপু একা পড়ে আছে মুখের ভরে। সে চলেযেতে দেখছে সেই স্বামী-স্ত্রী টা কে। আর শুধু এটাই কথা ভাবছে যে সে তো ওটা তাদের

ফিরত দেওয়ার জন্যই বলতে যাচ্ছিল। ওটা দেওয়ার বদলে সে কিছু চাওয়ার কথাও ভাবেনি, তাহলে তারা তার সাথে এইরকম ব্যাবহার করলো কেনো?

কারণ সে ভালো জামাকাপড় পরে নেই বলে, না তার গা ময়লায় ঢাকা বলে, না তার পায়ে কোনো জুতো নেই বলে?

একটা ধাক্কা খেয়ে অপুর মন আবার ট্রেন এ ফিরত এলো। ট্রেনটা এখনও ভালোই গতিতে চলছে, সে কোথায় যাবে কিছু বুঝতে না পেরে গেটের দিকে দৌড়ে যেতে লাগলো। অভিজিৎ ও সবকিছু ভুলে তার পিছনে যেতে লাগলো, আর হয়তো ১,২ হাত যেতে পড়লে সে তাকে ধরে ফেলবে।

অপু গেটেই সামনে এসে বুঝতে পড়লো না সে এবার কি করবে, কারণ এর আগে সে কোনো দিনো এমন কাজ করেনি। অভিজিৎ ততক্ষনে দৌড়ে গিয়ে অপুর জামার কলার টা ধরতে গেলো।

সেইটা বুঝতে পেরে অপু সরতে গিয়ে তার ভারসাম্য হারিয়ে ফেললো, এতক্ষনে আবারও সব কিছু যেনো গতিহীন হয়ে গেলো অপু ও অভিজিৎ দুজনের কাছেই। অপুর গোটা শরীর টা এখন ট্রেন এর বাইরে চলে গেছে, তার একটা পা শুধু ট্রেন এর মধ্যে আর তার একটা হাত ট্রাই এর দিকে কিছু ধরার চেষ্টা করছে।

অভিজিৎ দেখছে যে ছেলেটা তার থেকে পালাতে গিয়ে প্রায় ট্রেনের বাইরে পড়ে যাচ্ছে আর তার একটা হাত বাড়িয়ে আছে অভিজিতের দিকে। অভিজিতের গোটা শরীর টা যেনো বরফের মতো ঠান্ডা হয়ে গিয়ে জমে গেছে এতক্ষণে। সে ভাবা ছাড়া আর কিছু করতে পাচ্ছে না ওই মুহুর্তে। সে চেয়েও হাত টা যেনো বাড়াতে পড়ছে না।

অপু ভাবছে এটাই হয়তো তার শেষ মুহুর্ত এই পৃথিবীতে, তার মাথায় এখন তার দিদির মারা যাওয়ার আগে বলা সেই কথা গুলো ভাসছে।

অপুর দিদি মারা যাওয়ার আগে অপুকে বলেছিল - যে জীবনে যাই করিস, কোনো দিনই থারাপ কাজ করবিনা কথা দে। অপু তখন কথা দিয়েছিল তার দিদিকে, কিন্তু সমাজ হয়তো তাকে সেই কথার দাম রাখতে দেয়নি। সে যেখানেই গেছে তাকে চোর নাহলে থারাপ মন্তব্য করে তাড়িয়ে দিয়েছে সমাজ থেকে। শুধু কাজ নয়, তার অস্তিত্ব টায় সমাজ যেনো তাকে কখনো দিতে চাইনি।

প্রায় ৫ বছর আগে - অপুর দিদির ভীষণ জর উঠতে, সে তার দিদিকে নিয়ে সরকারি হসপিটালে গেলেও সেখানে তাদের তাড়িয়ে দেওয়া হয়েছিল কারণ তারা হয়তো জুতো পড়ে ছিলনা বা তাদের গায়ে ভালো জামাকাপড় ছিলনা বলে। তার দিদিকে ঘরে নিয়ে আসার সময় ঘরের সামনে এসেই তার দিদি মারা যায়, তাও সে মরার আগে অপুকে ওই কথা বলে গিয়েছিলো।

কিন্তু আজ হয়তো সেই কথার আর কোনো মানে দাড়াই না অপুর কাছে। অপু এখন শুধু দেখতে পাচ্ছে তার বাড়ানো হাত টা আবঝা হয়ে আসছে, অভিজিৎ এতহ্মনে তার হাতটা বাড়িয়ে দিয়েছে ছেলেটার দিকে, আর একটু খানি বাকি তাকে ছুঁতে। এমন সময় রেল লাইনের ধারের ইলেকট্রিক পোস্ট এর সাথে অপুর মাথাটা ধাক্কা লাগে আর অভিজিতের বাড়ানো হতে এসে পরে সেই ছেলেটার রক্তের ফোঁটা।

সব কিছু যেনো এবার পুরো থেমে গেছে অভিজিতের কাছে। এটাকি তার জন্য হলো? সে না দৌড়ালে কি এখনও ওই ছেলেটা বেঁচে থাকতো? একটা মানুষের জীবনের থেকে কি তার ম্যাসেজ টা তার কাছে বেশি প্রয়োজনীয় ছিল? সে কি পারলে আগে হাত টা বাড়াতে পারতোনা? নাকি সেই ছেলেটার দোষ ছিলো যে সে ফোন টা চুরি করে দৌড়ে ছিলো? অন্যজন তার জায়গায় থাকলে কি ওর পিছনে দৌরতোনা?

অভিজিৎ হয়তো এই প্রশ্ন গুলোর মধ্যেই জড়িয়ে গেলো যে এটা তার নিজের দোষ ছিলো, না ওই ছেলেটার?

না এটা আসলে সমাজের দোষ?

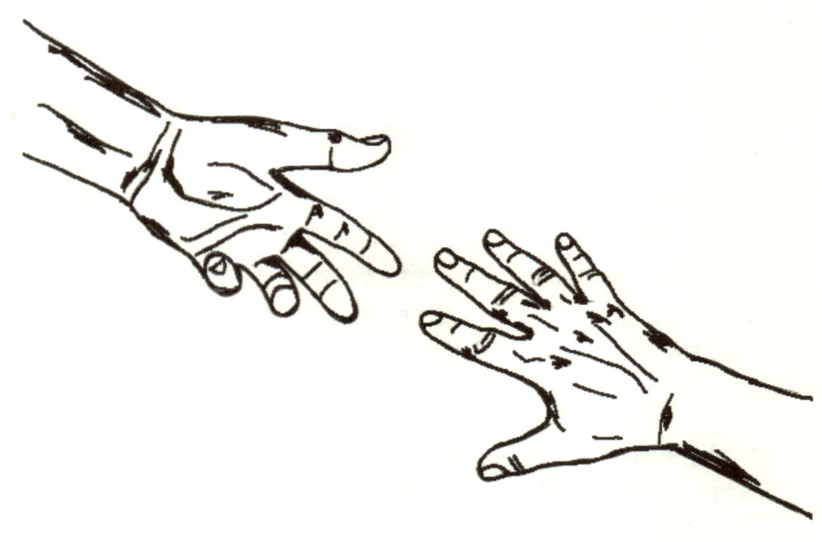

-:সমাপ্ত:-

ঘোর

সূর্য প্রায় ডুবে গেছে, রাজিব আর রাহুল নদীর ধারে একটা পুরনো ভাঙ্গা বাড়ির পাশে ছোট্টো একটা ঘরে বসে বিড়ি খাওয়ার চেষ্টা করছে। চেষ্টা কারণ ওদের বয়স টা এখন বিড়ি খাওয়ার নয়, বই পড়ার। ওরা দুজনেই প্রায় সমবয়সী, ১৪ বছর বয়স হবে হয়তো ওদের। আর ওরা ২জনে একই সাথে স্কুল এ পরে। এই বয়সের কিছু কিছু বাচ্ছা রা এই ধরনের কাজ প্রায়শই করে থেকে।

রাজিব বিড়িটা ধরিয়ে দেশলাই টা ছুঁড়ে দিলো রাহুলকে। রাহুল এটা প্রতম বার করছে, আর সে হয়তো একটু ভয় ও পাচ্ছে তাই ঠিক ভাবে দেশলাই টা ধরতেও পারলো না রাহুল।

ওরা এই ভাঙ্গা ঘরটা বেছেচে কারণ একটা লোকালয় থেকে অনেকটাই দুর, আর নদীর ধারের এক পোড়া বাড়ির সাথে আছে এই ছোট্টো ভাঙ্গা ঘর টা, আর কেউ এখানে সচরাচর আসেনা।

রাজিব - আরে তুই একটা বিড়ি ও ধরাতে পারিস না, যা গিয়ে তুই ললিপপ খা।

রাহুল হয়তো একটু অপমানিত বোধকরে দেশলাই টা আবারও জ্বালানোর চেষ্টা করলো। এমন সময় রাজিব বাইরে কোনো একটা শব্দ শুনতে পেয়ে হারুলকে বললো - তুই বিড়ি টা ধরা আমি আসছি।

রাজিব যে তাকে কথা টা বলে কখন বেরিয়ে গেলো সেটা যেনো রাহুল লক্ষ্যই করলো না। কারণ সে প্রতম বার বিড়ি খাচ্ছে, আর হয়তো ভয়ও পাচ্ছে তাই হয়তো সে অতটা লক্ষ করল না।

রাজিব বাইরে এসে এদিক ওদিক তাকালো, তার মনে এটাই ঘুরতে লাগলো যে কেউ তাদের দেখে ফেলিনি তো যে ওরা এখানে বিড়ি খাচ্ছে। কিন্তু এদিক ওদিক অনেক খুঁজেও কিছু দেখতে পেলো না। সে নিজের মনে মনেই বললো - সালা এক্ষুনি যেনো কারোর হাঁটার আওয়াজ পেলাম, কেউ আমাদের বিড়ি খেতে দেখে ফেলিনি তো?

রাহুল এতক্ষন পর এই সবে বিড়িটা ধরাতে পারলো। এক টান দিয়ে সে রাজিবকে ডাকলো। কিন্তু কোনো সাড়া পেলো না। অনেক বার ডেকেও কোনো সাড়া না পেয়ে রাহুল বাইরে বেরিয়ে রাজিব কে খুঁজতে লাগলো কিন্তু কোথাও দেখতে পেলো না।

রাহুল ভাবতে শুরু করলো সে হয়তো ওকে একাকে রেখে পালিয়ে গেছে, কিন্তু সে তো রহুলেই সাইকেলে এসেছিল এখানে। খুঁজতে খুঁজতে সন্ধ্যা হয়ে এলো, রাহুল কিছু বুঝতে না পেরে বিড়ির প্যাকেট টা ওখানেই ফেলে ঘরের দিকে এগোলো।

১ সপ্তাহ পর -

রাহুলকে এখন আর ঘর থেকে বাইরে বেরোতে দেইনা। সেইদিনের সন্ধ্যে রাহুল ঘরে এসেও যখন দেখলো রাজিব তখনও ঘরে আসিনি,সবাই জানতে পারার পর সবাই মিলে রাতেই রাজিব কে খুঁজতে গিয়েছিলো কিন্তু অনেক খোঁজার পড়েও খুঁজে পাইনি। আর তার কিছুদিন পর ওই পুরো বাড়িটার ভিতর দিয়ে রাজীবের বডি পাওয়া গিয়েছিলো। তার চোখ গুলো খোলা ছিল যেনো এমন কিছু দেখে মরে ছিলো যেনো সেটা দেখা ওর জীবনের অভিশাপ ছিলো।

2021

কিছুদিন আগেই happy club এর youtube চ্যানেল এ একটা ভুতুড়ে ঘরের ভিডিও দেখে চার বন্ধু নিজেদের মধ্যে কথা বলছে।

সৌমিক - ওই ভাই তোকে যে ভিডিও টা পাঠিয়েছিলাম ওটা দেখলি তো, ভালো না? আমাদের এখানেই তো জায়গা টা, যাওয়া হবে? হেবি ফটো শুট হবে কিন্তু।

শুভ - হ্যাঁ চল যাওয়া হোক, অনেক দিন তো কোথাও যাওয়া হয়নি।

অখিল - কি যাবি বলতো, সাপের কামড় খাবি নাকি। ভিডিও তে দেখিস নি কতো পুরনো জায়গা, বোন জঙ্গল হয়ে আছে চারি দিকে।

বাবাই - আরে চলনা ভালো মজা হবে, সবাই যাবে বলছে তো।

অখিল - ঠিকাছে চল যাওয়া হোক সবাই। কবে যাবি বল?

শুভ - চল আজ বিকেলেই যাওয়া হবে।

সৌমিক - চল, তাহলে বিকালে দেখা হচ্ছে। আমি তোদের জন্য আমাদের ওখানে চৌরাস্তায় বিকাল ৪ টের সময় দাঁড়িয়ে থাকবো তাহলে।

বাবাই - হম ঠিক আছে, আমরা সময়মতো পৌঁছে যাবো।

বিকালে শুভ বাবাই আর অখিলের অপেক্ষা করে করে শেষমেশ ওদের ২ জনকে ফোন করলো।

অখিল - হেলো, হ্যাঁ বেরোচ্ছি রে ১ মিনিট।

ফোন কাটার কিছুক্ষন পর বাবাইও চলে এলো। তার পিছনে পিছনে অখিল ও এলো।

ওরা আর দেরি না করে তাড়াতাড়ি বেরিয়ে পড়লো, বিকাল প্রায় ৪টে ১০ বাজে তখন।

শুভ - তারাতারি সাইকেল চালায়, আর দেরি করলে চলবে না, নাহলে সেখানে যেতে যেতেই সূর্য অস্ত হয়ে যাবে।

ওরা গল্প করতে করতে গিয়ে সৌমিকের সাথে দেখা করলো, সে কথা মতো আগে থেকেই ওদের জন্য রাস্তায় দাড়িয়ে ছিলো। সৌমিক দের ঐদিক থেকেই যেতে হবে জায়গা টায়।

ওরা চারজনেই ঠিক সময় মতো পৌঁছালো জায়গা টায়। তখন বাজে হয়তো প্রায় বিকাল ৫ টা। যেমন ভিডিও তে দেখে ছিলো ওরা, তেমনি এখন সামনের দৃশ্য দেখতে পাচ্ছে।

ওরা সাইকেল টা রাস্তার সামনে রেখে ভিতরের দিকে হেঁটে গেলো, কারণ ভিতর টাই বোন জঙ্গলে একটা সরু রাস্তা আছে, ওখানে সাইকেল চালিয়ে যাওয়া যাবে না।

ওরা শেষ মেস সেই পুরনো ঘরটার কাছে পৌঁছালো। যদিও ঘরের দরজা টা একটা বড়ো পুরনো তালা দিয়ে বন্ধ করা। তার পর ওরা ঘরটার সামনেই ছবি তুলতে শুরু করলো।

ওরা ঘুরতে ঘুরতে ঘর টার পিছন দিকে গেলো। সেই পুরনো জায়গা টায় যেখালে রাজীবের বডি পাওয়া গিয়েছিল। যদিও ওদের মধ্যে কেউ সেটা জানতোনা কারণ

সেটা 20 বছর আগে ঘটে ছিলো।

ঘরটার কোলে কোলে লাইন দিয়ে অনেক গর্ত করা ছিলো। শুভ সেই গর্ত গুলোর মধ্যে একটাই মুখ বাড়িয়ে দেখলো কিন্তু কিছু দেখতে পেলনা, অনেকটা গভীর আর কুকার অন্ধকার।

ওই গত গুলোর মধ্যে একটাই রাজীবের বডি পাওয়া গিয়েছিলো।

সৌমিক - এই গতগুলো এখানে কি জন্য তৈরি করা বলতো?

অখিল - কে জানে কি জন্য বানানো।

শুভ - এইসব বাদ দে, সন্ধ্যে হয়ে আসছে, চল ঘরের দিকে যাওয়া যাক।

ফিরে যেতে যেতে শুভ বললো - এখানে ভূতের মুভি বানালে কেমন হয়?

অখিল -হ্যাঁ তোর তো যেখানেই পুরনো কিছু দেখিস ভূতের মুভি বানানোর ইচ্ছা করে।

বাবাই - আরে না শুভ ঠিক ই বলেছে, এখানে কিন্তু হেবি ভূতের মুভি হবে।

সৌমিক - কিসে বানাবি মুভি টা, কারোর ভালো ক্যামেরা আছে নাকি।

শুভ - কেনো ফোনেই বানাবো, এই যুগে ফোন থাকলেই সব হবে।

সৌমিক - দেখ যা ভালো বুঝিস।

শুভ - দেখ অখিল কী বলিস?

অখিল - কি আর বলবো, তোরা অ্যাক্টিং কর আমি রেকড করবো।

শুভ - ঠিকাছে। কাল তাহলে আবার এসে একটা শর্ট ভূতের মুভি বানানো হবে। আমি ঘরে গিয়ে একটা গল্প: লিখছি।

বাবাই - হ্যাঁ, ঠিক আছে।

এই বলতে বলতে ওরা আবার ঘরটার সামনে এলো।

বাবাই - ওই ঘর টাই কারা থাকতো বলতো?

অখিল - কে জানে কত দিনের পুরনো এটা। আর সত্যিই করা থাকতো এখানে, জায়গা টা মেন রাস্তা থেকে কত টা ভিতরে।

সৌমিক - ঠিকাছে এখন ঘরে চল সন্ধ্যে হয়ে আসছে, কাল এসে ভাববি।

এই বলে ওরা সবাই আবার সাইকেল চালিয়ে ঘরের দিকে চলে গেলো।

পরেরদিন বিকালে ওরা আবার এলো ওই জায়গায়। সব কিছু আগের দিনের মতোই ছিলো। আজও তারা প্রতম এ ঘরটার পিছনে গেলো, সেই জায়গায় যেখানে রাজিব মারা গিয়েছিল। এবং কথা মতো শুভ তার ফোন টা বার করলো।

শুভ - চল সবাই রেডি তো? এনে অখিল ফোন টা ধর।

সৌমিক - শুভ স্ক্রিপ্ট টা আর একবার বল।

শুভ - আমরা এই বাইরে থেকে ঘরে ঢুকবো সবাই, এমন দেখবো যেনো আমরা ঘুরতে এসেছি, আর আমাদের মধ্যে কেউ একজন এই গর্ত টায় পরে যাবে আর তাকে যখন আমরা বার করতে যাবো তখন তাকে কেউ ভিতর দিকে টেনে নেবে। শুভ ঠিক সেই গর্ত টারি কথা বললো যেখানে আজ থেকে ২০ বছর আগে রাজীবের বডি পাওয়া গিয়েছিল।

অনেক বলার পর শেষ মেশ বাবাই গর্ত টার ভিতরে ঢুকতে রাজি হলো।

শুভ তাদের কি করতে হবে বুঝিয়ে তার শুটিং শুরু করলো, এমন সময় সৌমিকের ফোন এলো।

সৌমিক - ওই ১ মিনিট আমি আসছি, ইম্পর্টেন্ট কল কাছে। এই বলে সৌমিক বাইরে চলে এলো।

এতে হয়তো শুভ একটু রেগেই গেলো। শেষমেশ বললো ঠিকাছে আমরা ২জনই এই সিন টা করা হবে। কাদের যে এনেছি সঙ্গে সারাক্ষন শুধু ফোন। এই বলে তারা আবার শুটিং চালু করলো।

সৌমিক বাইরে এসে ফোনটা রিসিভ করে কথা বলতে বলতে জায়গাটার একটু দূরের দিকে চলে গেলো। কথা বলতে বলতে সে হয়তো কিছু লক্ষ্য করলো তার পিছনে কিন্তু ঘুরে কিছু দেখতে পেলো না।

কিছুক্ষণ পর সৌমিক সেইদিকে আবার কিছু একটা আওয়াজ শুনতে পেলো, এবারের টা স্পষ্ট শুনতে পেলো। সৌমিক ফোনে কথা বলতে বলতে সেই দিকে ধীরে ধীরে এগিয়ে যেতে লাগলো।

হঠাৎ সৌমিক তার পায়ে কিছু ফোটার অনুভব করলো। সে এক হাঁটু মুরে ঝুঁকে পায়ে হাত দিয়ে সেটা ঠিক করে যখন উঠলো একটা মানুষ তখন সৌমিকের ঠিক সোজা অনেকটা দূরে দাঁড়িয়ে। দূরে বোনের মধ্যে হয়তো সৌমিক তাকে ভালোভাবে দেখতে পায়নি, কিন্তু সে হেঁটে সামনে আসতে সৌমিকের ফোন সমেত হাত টা ধীরে ধীরে নাবতে থাকলো। তার মুখে আর এখন কোনো কথা নেই।

এইদিকে শুভ এখনও তার শুটিং করেই যাচ্ছে। আর অখিল শুধু বার বার "কাট হচ্ছে না" বলেই যাচ্ছে।

বাবাই গল্পটার মধ্যে থেকে শুধু বলছে আর কত বার কাট করবি? এবার আমায় বার কর আমার কেমন হচ্ছে এখানে।

শুভ - আরে দাড়া তো, এই হয়েই যাবে এবার। এই বলে শুভ অখিল কে শুটিং এর বিষয়ে আবারও বোঝাতে লাগলো। এমন সময় অখিলের ফোনে একটা মিসড কল এলো। ফোন টা বার করে দেখলো সৌমিকের মিসড কল।

অখিল - সৌমিক ফোন করছে কেনো গিয়ে দেখি, তোরা তোদের শুটিং কর, বলে অখিল বাইরে এলো। বাইরে এসে সে সৌমিককে ফোন করলো, কিন্তু ফোন আবার বেস্ত বলছে। সে এদিক ওদিক দেখে দূরের জঙ্গলের দিকে গেলো কিন্তু কোথাও তাকে দেখে পেলো না অখিল। এক, দুই বার ডাকলো অখিল। ডাকে কোনো সাড়া না পেয়ে অখিল আবারও ফোন করলো সৌমিক কে। কিছুটা দূরেই সৌমিকের ফোন টা বাজছে শুনতে পেলো। অখিল সেই দিকেই এগিয়ে গেলো।

এ দিকে শুভ কি করবে ভাবছে শুটিং এর ব্যাপারে, এমন সময় অখিলের ফোন এলো শুভর কাছে।

ফোন টা রিসিভ করতে অখিল যেনো ভয় পেয়ে বললো - "ওই জঙ্গলের দিকে তাড়াতাড়ি আই, আমি নিজের চোখে বিশ্বাস করতে পাচ্ছিনা যা দেখছি"। এক্ষুনি আই, এই বলে অখিল ফোন টা কেটে দিলো।

শুভ বাবাইকে বললো - ওখানে কি সিরিয়াস কেস হয়েছে, আমি এক্ষুনি গিয়ে এক্ষুনি আসছি। তুই ততক্ষন ভূতের সাথে প্রাকটিস কর। এই বলে শুভ তারা তারি বাইরে বেরি গেলো, আর বাবাই এদিকে চেঁচিয়ে চেঁচিয়ে বলতে লাগলো - দেখ এটা ঠিক হচ্ছে না কিন্তু, আমায় প্লিস বার কর এখান থেকে। আমার ভালো লাগছে না এখানে। কিন্তু শুভ তার কোনো কথাই না শুনে চলে গেলো।

শুভ জঙ্গলের দিকে একটু ভিতরে যেতেই অখিল কে দেখতে পেলো। শুভ তার কাছে দৌড়ে গেলো, গিয়ে সেও পাথরের মত শক্তহয়ে গেলো।

সে দেখলো সৌমিকের রক্ত মাখা দেহ পরে আছে একটা বড় পাথরের নিচে। আব তার একহাতের আঙুল টা কিছুর দিকে পয়েন্ট করছে।

তারা কিছুক্ষন ওই ভাবেই দাড়িয়ে থাকলো, কি করবে কিছু বুঝতে পারলো না। শুভ সাহস করে সেই জায়গাটা র দিকে এগোলো যেখানে সৌমিকের আঙুল টা পয়েন্ট করে আছে।

বাবাই এখন পুরো একা, তার হয়তো সেই গত্ত টার মধ্যে নিজেকে এখন একদম একা মনে করছে। সেই আবারও কিছুবার চেঁচিয়ে দেখলো কিন্তু কোনো সাড়া না পেয়ে শুভকে ফোন করলো। সে ফোন টা কানে নিয়ে যখন কথা বলতে যাবে তখন সে গত্তের মধ্যে যেটা দেখলো সেটা দেখে ফোনটা তার হাত থেকে মাটিতে পরে গিয়ে অফ হয়ে গেলো।

এদিকে শুভর কাছে মিস কল টা এলো।

পয়েন্ট করা জায়গা টার দিকে গিয়েও কিছু দেখতে না পেয়ে শুভ ফিরে এসে অখিলকে বললো - ওই বাবাই ফোন করছে আমাকে, তাকে আমি ওই গত্তের মধ্যেই রেখে চলে এসেছি। তুই একটু দারা, আমি তাকে নিয়ে আসছি। বাবাই এমনিতেই অন্ধকারে ভয় পাই আবার এইসব যা ঘটছে, ওকে ওখানে ফেলে আসাটা আমার একদমই উচিত হয়নি, এই বলে শুভ দৌড়ে চলে গেলো।

এদিকে অখিল সেই আঙুল পয়েন্ট করার জায়গাটাই দেওয়ালের নিচে এখটা ছোটো পাথর দেখতে পেয়ে সেখানে গিয়ে পাথর টা সরিয়ে দেখলো। পাথর টা সরাতে সেখানে একটা পুরনো চিটি পেলো অখিল। পুরাতন কিন্তু যত্ন করে প্লাস্টিকে মুরে রাখা।

অখিল খুলে পড়তে লাগলো চিটি টা,

"পারমিতা, এটা হয়তো আমার শেষ লেখা চিটি তোমাকে, আমি জানি তুমিও হয়তো ততটাই কষ্ট পাচ্ছ যতটা আমি পাচ্ছি। আমাকে এরা গত ৩ দিন ধরে এই অন্ধকার ঘরে আটকে রেখেছে। সমীর দাদু যখন থাবার দিতে এসেছিল, ওনাকে অনেক অনুরোধ করে একটা পেন আর কাগজ জোগাড় করে এই চিঠিটা লিখছি। আর ওনাকে অনুরোধ করে পিছনের জানালা টাও বাইরে থেকে সামান্য খুলতে বলেছিলাম। সেই সামান্য খোলা জানালার আলোয় আমি এই চিটি টা লিখছি।

জানিনা তুমি কোনো দিনো এই চিটি টা পড়বে কি না, আমি চিটি টা আদেও জায়গাটাই রাখতে পারবো কিনা। তবে আশাকরি তুমি কোনো ভাবে চিঠি টা পড়বে।

আজ আমি তোমাকে বলতে চাই আমি তোমাকে ছাড়া সত্যি বাঁচতে পারব না। আমি আমার বাবার কোনো সম্পত্তি চাইনা, আমি শুধু তোমাকে চাই।

তুমি কি শুধু বাবার ইটভাটার কর্মচারীর মেয়ে বলে আমি কোনো দিনো তোমার হতে পারবো না।

এই পৃথিবীর কি কোনো চোখ নেই, তুমি কি জন্মানোর সময় বেছে ছিলে তুমি কোন ঘরে জন্ম নেবে? সেটা এই পৃথিবী কেনো বুঝতে পারে না?

আমি আজ তোমাকে শুধু এই টুকুই বলতে চাই আমি যদি তোমার না হতে পারি, তাহলে আমি কোনো দিনো অন্য কারোর হবো না।

ইতি,

তোমার বিশ্বজিৎ"

চিটি টা পড়ে অখিল কিছুক্ষন ওই ভাবেই শক্ত হয়ে দাড়িয়ে থাকলো, আর চিঠি টা তার হাত থেকে মাটিতে পরে গেলো।

এদিকে শুভ বাবাই এর কাছে গিয়ে দেখলো সেখানে আর কেউ নেই। শুভ গত টায় মুখ বাড়িয়ে দেখলো সেখানে আর কিছু নেই অন্ধকার ছাড়া। শুভ বাইরে বেরিয়ে অনেক বার ডাকলো বাবাই এর নাম ধরে, কিন্তু কোনো সাড়া পেলনা।

অখিল এইদিকে কিছু বুঝতে না পেরে আবার শুভকে ফোন করতে গেলো, এমন সময় শুভ পিছন দিক থেকে এসে অখিল কে ডাকলো।

শুভ - ওই চল, বাবাই সাইকেলের কাছে চলে গিয়েছে, এক্ষুনি ফোন করে বললো। আর এই জায়গায় থাকিস না তাড়াতাড়ি চল।

অখিল - কিন্তু তুই এই উল্টোদিক থেকে কেনো এলি? এইদিকে তো বন জঙ্গলে ভর্তি। আর সৌমিকের বডি কি এইভাবেই ফেলে চলে যাবি, ঘরে গিয়ে কি উওর দিবি?

শুভ - ওই দিকে কিছু লোক এসেছে দেখলাম, যাতে না আমাকে দেখতে পাই তাই এইদিক থেকে এসেছি। আর ও তুই ছার ঘরে গিয়ে দেখা যাবে কি বলবো। লোকগুলো হয়তো এইদিকেই আসছে। ওরা যদি আমাদের এই ডেড বডির সঙ্গে দেখে ফেলে।

অখিলের যেনো শুভর কথা গুলো কেমন বদলানো বদলানো মনে হলো।

শুভ একটু আগে সৌমিকের ডেড বডি দেখে পাথর হয়ে জমে গিয়েছিল কিন্তু তার যেনো এখন কোনো চিন্তাই হচ্ছে না এই বিষয় এ।

কিন্তু অখিল শুভকে কি বলবে বুঝতে না পেরে সেও শুভর সাথে বাইরের দিকে যেতে লাগলো।

শুভ কোনো কথা না বলে চুপ চাপ বন সরাতে সরাতে দৌড়াচ্ছিল। অখিলও তার পিছন পিছন দৌড়াচ্ছিল। কিছুটা দূরে গিয়ে অখিল থেমে গেলো, শুভ তখনও চুপ চাপ কোনো কিছু লক্ষ্য না করে সামনের দিকে দৌড়াচ্ছিল।

অখিল থেমে গিয়ে উল্টা দিকে যাওয়ার জন্য সবে পিছনে এক পা বাড়িয়েছে, এমন সময় তার পিঠ টা কোনো কিছুর সাথে ধাক্কা খেল। পিঠের স্পর্শে সে বুঝতে পারলো এটা যেনো কোনো মানুষ।

অখিল যখন ঘুরে দেখলো, তখন তার মুখ টা হা হয়ে রয়ে গেলো। অখিল সেটা দেখে অজ্ঞেন হবে পড়ে গেলো।

এদিকে শুভ বাবাই কে খুজে না পেয়ে অখিলকে আবার ফোন করলো, কিন্তু ফোন সুইচ অফ।

অখিল যেখানে ছিল শুভ সেখানে দৌড়ে গেলো, কিন্তু সেখানে আর কেউ নেই। শুধু সৌমিকের মৃত দেহ আর একটা চিঠি পড়ে।

শুভ চিঠিটা গুড়িয়ে অখিলকে চেঁচিয়ে অনেকবার ডাকলো কিন্তু কোনো সাড়া পেল না। শুভ আরো একটু এদিক ওদিক খুজে দেখলো কিন্তু কিছু দেখত পেলো না। এদিকে ততক্ষনে সন্ধে হয়ে এসেছে।

শুভ আর কিছু বুঝতে পড়ছে না কি হচ্ছে তার সাথে। সামনে সৌমিকের মৃত দেহ আর এইভাবে বাবাই আর অখিল কে হারিয়ে সে কিছু বুঝতে না পেরে দৌড়ে ওখান থেকে বেরিয়ে যেতে চাইলো। তার হাতে তখনও চিটি টা ছিল।

সে কিছু দূর দৌড়ে একটু আস্তে হয়ে হাতের চিঠি টা পড়তে শুরু করলো। শুভ চিঠি টা পড়তে পড়তে ঘরটার সামনের দিকে এগোচ্ছিল।

চিটি টা পড়া শেষ হতে শুভ মুখ তুলে দেখলো সে সেই পুরনো ঘর টার সামনে। শুভ এইবার লক্ষ করলো সেই অন্ধকার ঘরটা যেখানে বিশ্বজিৎ কে আটকে রাখা হয়ে ছিলো। শুভ দেখলো বাবাই সেখান থেকে বেরিয়ে এসে শুভ কে ডাকছে। শুভর পা দুটো এখন যেনো নিজে থেকেই সেই দিকে চলে যেতে চাইছে।

বাবাই এর সামনে গিয়ে শুভ দাড়াতে বাবাই যেনো হাসির ভঙ্গি তে বললো দেখ তোর জন্য কে অপেক্ষা করছে।

অন্ধকার ঘরের ভিতর থেকে যেনো কে বেরিয়ে আস্তে শুরু করলো, সেটা দেখে শুভর গোটা শরীর টা যেনো বরফ হয়ে গেলো। সে ওইরকম শক্তি আগে কোনোদিনো অনুভব করেনি। তার চারিকিদ টা যেনো অন্ধকার হতে শুরু করলো আর কিছুক্ষণের মধ্যে সব কিছু পুরো অন্ধকার হয়ে গেলো। সে যেনো অন্য কোনো অন্ধকারের জাগতে প্রবেশ করলো।

ফোনের রিং বাজতে শুভ লেখাটা থামালো। বিকালের আলো শুভর খাতায় এসে পড়ছে।

ফোন টা হতে নিয়ে দেখলো অখিল ফোন করছে।

অখিল - কোথায় রে, বিকাল ৪ টে তো বেজে গেলো। তুই নাকি ভূতের মুভি বানাবি? তো কখন বেরোবি সন্ধ্যে হয়ে গেলে? বাবাই আর আমি রাস্তায় দাঁড়িয়ে আছি তাড়াতাড়ি আই।

শুভ - হ্যাঁ যাচ্ছি, আরে আমি মুভির স্ক্রিপ্ট টা লিখছিলাম। হেবি সুন্দর বানিয়েছি, গিয়ে তোদের শোনাচ্ছি।

-:সমাপ্ত:-

বালি

বিকেলের শেষ আলো পশ্চিমের দিকে ডুবে যেতে শুরু করেছে, নাম না জানা পাখি গুলো গান গাইতে গাইতে তাদের ঘরে ফিরে যাচ্ছে। ঝিঝির আওয়াজ জঙ্গলকে তার আসল রুপ এ আনতে শুরু করেছে।

জঙ্গলের নিস্তব্ধতা ভেঙে ডালপালা আর শুকনো পাতার ওপর দিয়ে হেঁটে আওয়াজ করে করে অনিল ঝিঝি গুলোকে অজান্তে চুপ করিয়ে চলেছে জঙ্গলের ভিতরের দিকে।

অনিলের বলতে গেলে আর কেউ নেই এই পৃথিবীতে, কলেরা আর প্রবল বন্যা তার গ্রাম সহ তার মামা, মামী আর বোনকে কেড়ে নিয়েছে তার কাছ থেকে।

সেই রাতের কথা সে এখনও ভাবলে তার চোখ ভরে যায় অশেষ দুঃখে আর জলে। অনিল সেই রাতে ভগবানের আশীর্বাদে বেঁচে যাওয়ার পর নদীর জলে ভেসে এসে পড়েছে এই জঙ্গলের ধারে। কয়েক দিন ধরে সে এই নদীর পাড়ে মাছ ধরে আর জঙ্গলের ফল খেয়ে নিজেকে এই হৃদয়হীন পৃথিবীর বুকে টিকিয়ে রাখতে সফল হয়েছে।

অনিল এর কাছে পৃথিবীটা হৃদয়হীন কারণ জন্মের পর সে হারিয়েছে তার বাবা মাকে, আর এখন তার মামা মামী আর বোন সমেত গোটা পরিবারকে।

তার গায়ের ঘাম টা বিকেলের শেষ আলোয় সোনার মতো চকচক করছে। শুকনো কাঠের মতো গলাটা জলের অভাবে ফেটে গিয়েছে, আর তার পা গুলো সেই সকাল থেকে চলে চলে আর নড়তে চাইছে না নিজের জায়গা থেকে।

নদীর ধারে আর কোনো খাবার না পেয়ে অনিল এসেছিল বনের ভিতরে খাবার খুঁজতে কিন্তু পথ ভুলে সে এসে পড়েছে এই বনের আরো ভিতরে, অনেকটা ভিতরে। অনিলের কাছে এর আগে জঙ্গলের কোনো অভিজ্ঞতা নেই। যতবারই সে বইরে বেরোনোর চেষ্টা করছে ঘুরেফিরে সে আরো বড়ো বড়ো গাছের সমম্বুখীন হচ্ছে।

মেঘের সাথে লুকোচুরি খেলে অর্ধেক চাঁদ টা এখন পূবের আকাশে পরিষ্কার দেখা যাচ্ছে।

এই সন্ধ্যে ওটা জোনাকির দল না সত্যি আলো দেখতে পাচ্ছে সে কিছুটা দূরে। কাছে যেতে অনিল বুঝলো ওটা সত্যি মানুষের জ্বালানো আলোর ছটাক।

খুবই কম আলো, দূরের একটা কুঠিরের ভিতর থেকে আসছে। অনিলের অবস্থা এখন মরুভূমিতে হারিয়ে যাওয়া কোনো পথিকের মতো, যেমন মরুভূমিতে হারিয়ে যাওয়া কোনো প্রথিক জলের সন্ধান পাই তখন তার যেইরকম অবস্থা হয় সেরকমই অবস্থা এখন অনিলের। অনিলের আনন্দের আর সীমা রইল না, কিন্তু এমন সময় ডান দিকে জঙ্গলের মধ্যে থেকে একটা থসখসে ভারী শব্দ অনিলের কানে ভেসে এসে তার রক্ত জল করে দিল।

আর এক পা ও বাড়াবে না, নড়লেই মারা পড়বে। কে তুমি?

অনিল মুখ না ঘুরিয়েই ভয় আর সাহস মিলিয়েই বললো - আমার নাম অনিল। এতক্ষনে ব্যক্তি টাকে দেখতে পেল অনিল, গলার স্বর ভারী হলে কি হবে ব্যক্তি টা আকারে একটা সুপারি পাতার মতো। মানে ব্যক্তিটি একটা মাঝ দৈর্ঘ্যর মানুষ, চুলগুলো কোচকানো আর কয়েকটা পাকা। ডান গালে একটা কাটার দাগ, হয়তো জঙ্গলের কোনো জন্তুর নখের আঁচড়ানোর দাগ। কারণ ব্যাক্তিটার হতে আছে ধারালো তীর আর ধনুক। আর কোমরে একটা হাতে বানানো এঁকো বেঁকো চকচকে ছুরি। দেখেই মনে হচ্ছে সে একটা শিকারি।

সে অনিলের সামনে এসে বললো - তা নাম তো জানলাম, কাম টা কী?

অনিল তার শেষ কয়েকদিন এর কথা লোকটিকে বললো। আর শেষে বললো আমি খুব ক্লান্ত, আমি জল আর আশ্রয় চাই তোমার কুঠিরে।

কুটির টা এই ব্যক্তির, সেটা বুঝতে অনিলের অসুবিধা হলো না, তবে ব্যক্তি টাকে দেখে মনে হলো না সে অনিলকে তার কুটিরে নিয়ে যেতে ইচ্ছুক।

হয়তো অনিলো তার জায়গায় থাকলে কোনো অজানা লোকের মুখে কিছুক্ষণের গল্প শুনে তাকে তার বাড়িতে ঢোকাতো না।

লোকটা তার কুটির থেকে এক কলসি জল আর কিছু বন্য ফল এনে অনিলকে দিয়ে বলল - এই নাও খাবার আর এখান থেকে চলে যাও, আমি বিনা কারণে কাউকে মারতে চাইনা। এই বলে ব্যক্তি টা তার কুটিরে চলে গেলো, আর কুটির টার ভিতর কতগুলো ছাওয়া নড়তে দেখলো অনিল।

অনিল কুটির টা থেকে কিছু দূর গিয়ে আর হাঁটতে না পেরে একটা গাছের নিচে বসলো। তার সামনে এখন জল আর বন্য ফল আছে, সে সব কিছু ভুলে পাগলের মতো জল খেতে লাগলো। তেষ্টা মিটতে পেট টা ডেকে উঠলো, আর বন্য ফল গুলো বিষাক্ত কি না সেটা না জেনেই খেতে শুরু করে দিলো। কখন যে সে খাবার খাওয়ার পড় ওখানেই ক্লান্তিতে ঘুমিয়ে পড়েছে সে আর বুঝতে পারেনি। কে জানে কত দিনের খিদে সে মেটাতে তার শরীর আর তার সাথে সম্বন্ধ না রাখতে চেয়ে অবচেতন হয়েছে।

অনিলের ঘুমটা ভাঙলো একটা এমন স্পর্শে যেটা সে হয়তো আগে কোনদিন অনুভব করেনি।

একটা প্রায় উনিশ বছরের মেয়ে তার হাত টা ধরে ডাকছে।

মেয়েটার হাত টা ঠান্ডা লাগলো অনিলের, না অনিলের নিজের গা টা গরম সে বুঝতে পারলো না। বেলা গড়িয়ে গেছে এখন অনেকটা, সূর্যের আলোয় মেয়েটার চুল লাল রঙের দেখাচ্ছে, আর তার চোখ গুলো পূর্ণিমার চাঁদের মতো উজ্জ্বল।

মেয়েটা বলল - আপনি কে? আপনি কতক্ষণ ধরে এইরকম ভাবে অজ্ঞান হয়ে পড়ে আছেন? আপনি কি বুঝতে পারছেন আমার কথা?

অনিল উত্তরে বললো - আমার নাম অনিল। আমি পথ হারিয়ে এই জঙ্গলের মাঝে এসে পড়েছি। কাল রাতে ওই সামনের কুটির দিয়ে একটা ব্যক্তি আমাকে জল আর খাবার দিয়ে চলে যেতে বলেছিল কিন্তু আমি এই কিছুদূর এসে আর এক পাও নড়াতে পারিনি সারা দিন হাঁটার পর। আর কোথায় বা যাবো, আমি এই জঙ্গলের কিছুই চিনিনা।

মেয়েটা বললো আপনি রাস্তা জানলেও বা কি আপনার শরীর তো জরে পুড়ছে। এখুনি আমার সাথে চলুন, ওই কুটির টা আমাদের। বাবা হয়তো আপনাকে জল দিয়েছিলো কাল রাতে।

এই বলে মেয়েটা অনিল কে সাথে নিয়ে তাদের কুটির এ নিয়ে গেলো। অনিল দেখলো সেখানে আরো দুইজন আছে, একটা তার মা আর একটা তার বোন।

মেয়েটা তার মাকে সব বলতে তার মা অন্য মেয়ে টাকে মানে পার্বতীকে বললো ওনাকে আমাদের ঘরে নিয়ে গিয়ে শুইয়ে দে।

বিছানায় শুয়ে মাথায় জল পটি দিতে অনিল যেনো অজ্ঞান হয়ে যেতে লাগলো। অজ্ঞান হওয়ার আগে বাইরের কিছু কথা তার কানে ভেসে আসলো, যে- বাবা শিকার থেকে ফিরে এসে যদি ওনাকে ঘরের মধ্যে দেখে তো কি হবে। এই কিছু কথা শোনার পর সে হয়তো তার জ্ঞান হারিয়ে ফেলেছিল।

তার ঘুম ভাঙলো সন্ধ্যা বেলা, দরজার সামনে সেই আগের দিনের ব্যাক্তিটা দাড়িয়ে। সকালের মেয়েটা মানে পুষ্প তাকে রাতের খাবার টা দিয়ে ব্যাক্তিটার পিছনে চলে গেলো। সেই সন্ধ্যে আর কেউ কোনো কথা বলল না অনিলকে।

পরের দিন ভোরে বজ্রপাতের আওয়াজে অনিলের ঘুম ভাঙতে দেখলো প্রবল বৃষ্টি হচ্ছে বাইরে। ঘরে কাউকে দেখতে না পেয়ে সে ঘরের বাইরে বেরিয়ে দেখলো কুটিরের একদিকের একটা চালা হেলে পড়েছে ঝরে, এবং সবাই সেটা ঠিক করার চেষ্টা করছে। এতক্ষণ অনিল লক্ষ করলে যে ব্যাক্তিটার একটা পায়ে চলতে অসুবিধা হয়।

অনিল দৌড়ে গিয়ে চালা টা শক্ত করে ধরলো, ঘরে সেই হয়তো তুলনামূলক ভাবে সবথেকে বেশি শক্তিশালী এবং তার সাহায্যে ব্যাক্তিটা চালা টা ঠিক করলো।

বিকালে বৃষ্টি থামতে বেক্তিটা অনিলকে নিয়ে জঙ্গলের বাইরে দিয়ে আসার জন্য তেরি হলো।

কিন্তু শেষ মুহূর্তে অনিল ব্যাক্তি টার কাছে তার মনের কথা টা প্রকাশ করলো।

অনিল বলল - সে এখানেই তাদের সাথে থাকতে চাই, কারণ জঙ্গলের বাইরে তার আর কেউ বেঁচে নেই। সে এখানে থেকে তাদের সব কাজ করবে, সব জিনিসে সাহায্য করবে শুধু তাকে কাঠ কুঠি রাখার ঘরেই থাকতে দিলে হবে।

ব্যাক্তিটা প্রথমে তাকে না বললেও তার শারীরিক অবস্থা দেখে আর তার স্ত্রীর কথা শুনে সে রাজি হয়ে গেলো। কারণ তার এখন অনেক বয়স হয়েছে আর কিছু দিন আগে একটা বাঘের আক্রমণে তার পায়ে এতটাই ক্ষতি হয় যে সে এখন ঠিক ভাবে হাঁটতেও পারে না। একটা কেউ থাকলে তাকে সাহায্য করতে পারবে দৈনিক কাজে। কতদিন আর বউ, মেয়েদের কে দিয়ে সে কাজ করাবে। আর ভগবান যদিও তাকে একটা ছেলে দিয়েছিল কিন্তু তিন মাস বয়সে তাকে আবার কেরে নেই।

এই ভাবে অনিল পেলো একটা নতুন পরিবার, একটা নতুন জীবন। আর এই ভাবেই কেটে গেল প্রায় তিন বছর।

এখন অনিল হয়তো সবথেকে সুখী, সে পেয়েছে নতুন পরিবার, নতুন বাবা মা। আর এখন পুষ্প আর অনিল কে আপনি বলে না। আর অনিল হয়তো তার বাবার কাছে তার হাত চাওয়ার পরিকল্পনা করছে।

এমন সময় তার ছোটো বোন পার্বতীর খুব জ্বর হলো। জ্বরে গা এতো গরম যে হাত দেওয়া যায়না।

পাঁচদিন, সাতদিন, দুই সপ্তাহ কেটে গেলো কিন্তু সেই জ্বর আর ঠিক হলো না।

তার মা দিন রাত অনেক ঠাকুর কে ডাকলো কিন্তু কোনো লাভ হলো না, তার বাবা কতো জঙ্গলের ফল আর পাতা এনে খাওয়ালো কিন্তু তাতেও কোনো কিছু লাভ হলো না।

একরাতে পুষ্প স্বপ্ন দেখলো কালভৈরব, তার স্বপ্নে কলভৈরব এসে তাকে বলল- "ওরে দক্ষিণের হেপুটি মন্দিরের ঝরনার জল এনে খাওয়ালে ও ওর প্রাণ আবার ফিরে ফিরে পাবে, না হলে ও আর কিছু দিন পর মারা যাবে"।

পরের দিন পুষ্প সবাইকে সেটা বলে, তারা তক্ষুনি হিপুটি মন্দিরে যেতে রাজি হয়ে যায়। পার্বতীর এখন বলতে শুধু নিঃশ্বাস টুকুই চলছে।

পরের দিন ভোর বেলায় অনিল আর তার বাবা অজিত ঝর্নার জল আনতে চলে যায় হেপুটি মন্দিরের উদ্দেশ্যে। পথটা বিপদে কম না, আর মন্দির টাই যেতে সময় লাগবে দুই দিন আর এক রাত। আর মাঝ পথে আছে "কুন্ডা" জাতির আদিবাসী। তাদের হাতে পড়লে প্রাণ ফিরে পাওয়া টা হবে স্বপ্ন, কারণ তারা জঙ্গলি আর অন্য ভাষায় কথা বলে। অন্য ভাষায় কথা বলে না বলা টা হয়তো ভুল, কারণ তারা বাইরের কারো কথা শোনেও না। তারা জঙ্গলের বড়ো বড়ো গাছের মাথায় লুকিয়ে থাকে আর অন্য কাউকে তারা দেখতে পেলেই বিষাক্ত তির আর ফলা গুঁজে মেরে ফেলে কিছু বলার আগেই।

দুপুরের প্রচন্ড গরমে অনিল হাঁটতে হাঁটতে বুঝতে পারলো যে পার্বতীর বাবা তার ছোট মেয়েকে কতটা ভালোবাসে। পথে অনিল হাঁপিয়ে গেলেও তার বাবা ওই খোঁড়া পা নিয়েও হাপাই না। সে শুধু বলে আমাদের তাড়াতাড়ি যেতেই হবে না হলে পার্বতী আর

বাঁচবে না।

এইভাবে প্রায় না খেয়ে না বিশ্রাম নিয়ে তারা পৌঁছালো হেপুটি মন্দিরের সামনে।

কিন্তু সেখানে গিয়ে যেটা ঘটলো সেটা অনিলের জীবন টা হয়তো পুরোপুরি বদলে দিলো। মন্দিরের তান্ত্রিক বললো - তোমার ছোটো মেয়ে বেঁচে আছে এটা তোমাদের সৌভাগ্য, হয়তো কোনো পূণ্য করেছো আগে তার ফল। কিন্তু তুমি যদি তোমার ওই মেয়েকে বাঁচাতে চাও তাহলে তোমাকে তোমার অন্য মেয়ের প্রাণ বিসর্জন দিতে হবে। তুমি যদি ভৈরবের কাল চক্রকে পরিবর্তন করতে চাও তাহলে তোমাকে এই বলিদান দিতেই হবে।

এটা শুনে অনিলের পা থেকে মাটি যেনো সরে গেল, সে এই জীবনে প্রতম কাউকে ভালোবেসেছে। এই প্রথম ভালোবাসা পেয়েছে কারোর কাছ থেকে, সত্যিকারের ভালোবাসা। আর তান্ত্রিক বলছে তার প্রাণ বিসর্জন দিতে হবে বোনকে বাঁচাতে গেলে।

কথা টা শুনে অজিতের মাথায় যেন বজ্রপাত হলো। একে একটা মেয়েকে হারানোর কথা ভেবে প্রায় অধ্যোপাগল হয়েগেছে সে, তার ওপর আবার আর একটা মেয়ে প্রাণ হারানোর কথা শুনতে হচ্ছে তাকে।

তারা দুজনেই তান্ত্রিক কে অনেক অনুরোধ করলো, কিন্তু কিছুই হলো না। শেষমেশ অজিত কালভৈরবের পায়ে পরে আশীর্বাদ, দয়া আর কিছু পায়ের ফুল সংগ্রহ করে ঘরের পথে এগোলো।

পথে অজিত শুধু ভাবতে থাকলো সে কী পারবে একটা বাবা হয়ে একটা মেয়ের জন্য অন্য মেয়ের প্রাণ নিতে? অন্য কেও তার জায়গায় হলে কি করতে পারতো এই কাজ টা?

সে সর্ব প্রথমেই তার একটা তিন মাসের ছেলেকে হারিয়েছে, সে আর পারবে না কোনো মেয়েকে হারাতে।

শেষমেশ আবার তুই রাত ও এক দিন পর সন্ধ্যা বেলা তারা কুটিরে ফিরে এলো। এথনো সেই একই অবস্থা পার্বতীর। অজিত সঙ্গে আনা সেই পায়ের ফুল পার্বতীর মাথায় বোলাতে বোলাতে দুঃখ কষ্টে কাদতে কাদতে কখন যে ওথানেই ঘুমিয়ে পড়ে তার আর মনে নেই।

অনিলও তাদের ওখানে ছেড়ে নিজের ঘরে এসে ঘুমিয়ে পড়ে। তিন চার দিন না খেয়ে না ঘুমিয়ে তার শরীর আর আর পারেনি দাড়াতে। মাঝ রাতে যখন অনিলের ঘুম ভাঙ্গে সে উঠে পার্বতীকে একবার দেখতে যাই।

ঘরের সামনে গিয়েই সে একটু চমকে ওঠে, ঘরটাই পার্বতী ছাড়া আর কেউ নেই। এমনিতে কেউ না কেউ পার্বতীর সাথে সারাক্ষণ থাকে, কিন্তু এখন কেউ নেই।

কাছে গিয়ে অনিলের গোটা শরীর পাথর হয়ে গেলো। সে দেখলো পার্বতীর মুখে গালে জল লেগে।

ওটাকি সেই ঝরনার জল? অজিত তো শুধু পায়ের ফুল নিয়ে মদিরে উঠে ছিলো, সেকি ওখান থেকে জল ও সংগ্রহ করে ছিলো? আর অজিত তো পার্বতীর সাথেই ছিলো, সে এখনকোথায়?

অনিল দৌড়ে পাশের ঘরে গেলো, আর সেখানে গিয়ে সে যা দেখলো সেটা সে হয়তো আজও বিশ্বাস করতে পারে না। অন্ধকারের মাঝে একটা চকচকে ছুরি হাতে নিয়ে অজিত পুস্পর মাথায় পাশে দাড়িয়ে, আর পুস্প ও তার মা দুজনেই ঘুমে আচ্ছন্ন।

অনিল এক মুহূর্তের জন্য বিশ্বাস করতে পারেনি সে কি দেখছে তার নিজের চোখে। অজিতের চোখ এখন জবার মতো লাল হয়ে আছে, আর তার চোখ থেকে জল মাটিতে গড়িয়ে গড়িয়ে পড়ছে। অনিল দৌড়ে তাকে পিছন দিক থেকে ধরতে গেলো, অজিত সেটা বুঝতে পারলো না। সে হঠাৎ বুঝতে পেরে উল্টে অনিলের ওপর আক্রমণ করলো।

কিছু মুহূর্ত পর তারা ধস্তাধস্তি করতে করতে দরজায় ধাক্কা খেয়ে ঘরের বাইরে বরিয়ে এলো। আর এই আওয়াজের ফলে পুস্প আর তার মা জেগে গেলো।

ঝর্নার জলের সর্ব্বের কথাটা শুধু ওরা দুজনই জানতো তাই পুস্প এবং তার মা কি হচ্ছে বুঝতে না পেরে তাদের আটকাতে গেলো।

পুস্পর মা দুই পা এগোনোর আগেই এমন একটা ঘটনা ঘটলো যেটা পুরো ঘর কে শান্ত করে দিল।

অনিল বিশ্বাস করতে পারছে না সে এখন কি দেখছে নিজের চোখে। দুজনে উঠোনে পড়ে গিয়ে সেই ধারালো ছুরি টা এখন গেঁথে আছে অজিতের গলায়। ছুরি টা গলার পিছনের দিক পর্যন্ত বেরিয়ে আছে, জোছনার আলোয় সেই রক্ত হয়ে উঠেছে রক্তাক্ত।

ততক্ষনে পুষ্পর মা সেটা দেখে আর নিজের হোস সামলাতে পারলনা। যে ছেলেকে সে নিজের হাতে ছেলের মতো মানুষ করলো, যাকে সে নিজের ছেলের মতো ভালোবাসতো সে আজ তার স্বামীকে খুন করলো তারই চোখের সামনে।

সন্তান হারানো মায়ের মতো উদাস আর ক্ষিপ্ত হয়ে সে অনিলের দিকে এগিয়ে গেলো। অনিল তাকে আটকাতে গিয়ে তার হাতটা ধরা মাত্রই পুষ্পর মা অজিতের রক্তে পা পিছলে পড়লো তাদের রান্নার বটির ওপর।

ঘরটা এতটাই শান্ত হয়েগেছে এখন, যেনো কোনো একটা বন্যা সব ভাসিয়ে নিয়েগেছে আর শুধু ফেলে গেছে শেষ ধ্বংসাবশেষ টুকু।

এই সবকিছু পুষ্প তার নিজের চোখে এখছিলো এতক্ষন দরজার সামনে দাঁড়িয়ে। আজ সে বিশ্বাসই করতে পারছে না যাকে সে সবথেকে বেশি ভালোবেসেছিল, যারসাথে সে তার সারা জীবনটা কাটাবে ভেবেছিল আজ সে তার বাবা মা কে তারই চোখের সামনে হত্যা করলো।

এখন পুষ্পর হয়তো ভাবার ক্ষমতাটাও হারিয়ে গিয়েছে, সে দরজার সামনে থেকে ঘরের ভিতরে এক পা পিছিয়ে দরজাটা বন্ধ করে দিলো।

বাইরে অনিলের অবস্থা এখন শীতের কুয়াশার মতো হয়ে আছে, শান্ত কিন্তু ভিতর থেকে ভারী। সে শুধু হয়তো বোঝার চেষ্টা করছে যে কি হলো তার সাথে কিছুক্ষণ আগে পর্যন্ত।

অনিল উঠে দাঁড়ানোর চেষ্টা করলো, কিন্তু সে যেনো আর তার হাত গুলো তুলতে পাড়ছে না মাটি থেকে।

এতক্ষনে রক্ত টা শুকিয়ে গিয়ে তার হাত টা মাটির সাথে আটকে গিয়েছে। কে জানে অনিল ওইরকম ভাবে কতক্ষণ বসে ছিল মাটিতে।

অনিল উঠে দাড়িয়ে কাঁদতে কাঁদতে পাগলের মতো দরজা টা চাপ্রে পুষ্পকে ডাকতে থাকলো, হয়তো সে পুষ্পকে বলতে চাইছিল যে কেনো তার সাথে তার বাবার লড়াই শুরু হলো। হয়তো সে বলতে চাইছিল পুষ্পকে সে কতটা ভালোবাসে। কিন্তু হাজার ডাকার পরেও কোনো সারা পেলনা অনিল। হয়তো পুষ্প এখন ওই অন্ধকার ঘরের মধ্যে গুমরে গুমরে কাঁদছে। হয়তো সে ভাবছে, যে অনিলকে সে প্রথম দিন ঘরে এনেছিলো, যাকে সে সব থেকে বেশি ভালোবেসে ছিলো আজ সেই তার সব কিছু কেড়ে নিল তার কাছ থেকে।

এই সব কিছু ভাবতে ভাবতে অনিল আর দাড়িয়ে থাকতে না পেরে দরজার স্পোড়াতেই কেঁদে কেঁদে ঘুমিয়ে পড়লো।

বজ্রপাতের শব্দে অনিলের ঘুম ভাঙলো, এখনও ভোরের আলো ফোটেনি। এবার অনিল দরজাটা ভাঙার সিদ্ধান্ত নিল। কয়েকবার জোরে জোরে লাথি মেরে সে শেষমেশ দরজাটা খুলে সফল হলো, এবং আকাশের কালো মেঘের মতো তার চোখের সামনের দৃশ্য টাও যেনো কলো হয়ে যেতে সুরু করলো।

সে দেখলো যাকে সে জীবনের সবকিছু দিয়ে ভালোবেসেছিল, যার সাথে সে সারাজীবন টা কাটানোর কথা ভেবেছিলো, যার জন্য সে সবকিছু করেছিলো তার দেহটা চোখের সামনে একটা শাড়ির ভরে ঝুলছে।

অনিলের চোখগুলো থেকে এবার আর কোনো জল বেরোলনা, হয়তো তার চোখে আর কোনো জল নেই কাঁদার জন্য।

অনিলের শরীরের রক্ত বিন্দু গুলো এখন বৃষ্টির ফোঁটার মতো মাটির দিকে নেবে যেতে চাইছে। অনিল কতক্ষণ যে ওখানে ওইরকম ভাবে দাড়িয়ে ছিল কে জানে, কারণ অনিলের কাছে সময়টা তখন যেনো প্রায় থেমে গিয়েছিলো।

ঢেউয়ের শব্দে অনিলের ঘুম টা ভাঙলো। নোনতা বাতাস টা সে নিশ্বাসের সাথে অনুভব করতে পারছে। সে উঠে দেখলো তার বাম পা টা বালির একটা ছোড্ডো স্তুপের মধ্যে ঢোকানো।

প্রায় পাঁচ বছরের একটা ফুটফুটে বালক তার পায়ের ওপর বালি ফেলে ফেলে এটা ক্ষুদে পাহাড় টা বানিয়েছে।

দূর থেকে পার্বতী বাচ্চাটাকে ডেকে বললো বাবা কে নিয়ে ঘরে আই বাবু সন্ধ্যে হয়ে এলো যে।

অনিল বুঝতে পারলো সে এতক্ষণ স্বপ্ন দেখছিলো। এই স্বপ্নটা সে প্রায় দেখে, তার অতীত টা চলে গেছে কিন্তু তার স্মৃতি গুলো এখনও ফেলে আসতে পারেনি অতীতের ঝড়ে। এখনও মাঝে মাঝে তার বুকে সেই ঝর টা ওঠে। সমুদ্রের নোনা জলের মতো অনিলের ডান চোখ দিয়ে নোনতা জলের একটা ফোঁটা গড়িয়ে এসে পড়ল তার ঠোঁটের গোড়ায়।

অনিল এখন আর ভাবতে চাইনা সেই কয়লার মতো কালো অতীতের কথা, সে আজ পার্বতী আর তুষার কে নিয়ে খুবই সুখে আছে। সে আর যতদিন বাঁচতে চাই ততদিন এদের সাথেই বাঁচতে চাই।

তবুও তার মন বলতে চাই কাউকে তার এই গল্প টা, কিন্তু সে পারে না বলতে কাউকে। পার্বতী আজও জানে না সেই রাতে কি হয়েছিল। তার যখন ঘুম ভেঙেছিলো তখন অনিল তাকে নিয়ে কোনো একটা নদীর ওপর ভাসছিল ভেলাই করে। পার্বতী জানে সেই রাতে বজ্রপাতে ঘরে আগুন লেগে গিয়েছিল, আর অনিল তার কাছে রাতে বসে থাকায় তাকে ঘরের বাইরে বার করে আনতে সফল হয়েছিলো। সে আবার গিয়ে সবাইকে বাঁচাতে চেয়েছিল কিন্তু পারেনি, ঝড়ের প্রবল হওয়ার ফলে আগুনটা দ্রুত ছড়িয়ে পড়েছিলো।

পার্বতী জানতো অনিল তার দিদিকে, আর তার দিদি অনিলকে ভালোবাসতো। কিন্তু এই পৃথিবীতে তাদের আর কেউ না থাকায় তারা দুজনেই একসাথে থাকার সিদ্ধান্ত নিয়ে বাকিটা জীবন কাটাতে চেয়েছে।

আজ তারা দুজনেই খুশি একটা ফুটফুটে সন্তানের সাথে। কিন্তু আজ একমাত্র অনিল জানে যে সেই রাতে আসল কি ঘটেছিল।

নিজেকে তিন জনের খুনি ভেবে অনিল নিজেকে অনেক বার শেষ করার চেষ্টা করেছিল, কিন্তু পার্বতী আর তুষারের কথা ভেবে সে কখনো পারেনি।

অনিল পা টা বালি থেকে বার করে হাত দিয়ে ঝাড়তে লাগলো পা টা। পা টা ঝাড়ার পর সে হাতে লেগে থাকা অবশিষ্ট কিছু বালির কণা থেকে একটি বালির কণার দিকে তাকিয়ে ভাবতে লাগলো- এই একটা পাথরের কণা দেখে যেমন কেউ বলতে পারবে না

এটা শুধু একটা সুক্ষ পাথরের কণা না এত বড় সমুদ্রের বালির একটা অংশ।

যেমন একটা বালির কণা দেখে কেউ বলতে পারবেনা এটা পথের টুকরো না বালির অংশ তেমন সেই রাতের একটা ঘটনা দেখেও কেউ বলতে পারবে না সেইগুলো হত্যা ছিল না ভাগ্যচক্রের নিয়তি।

কাউকে অনিলের বিষয় এ কিছু বলতে গেলে তার পুরো জীবনটাকে দেখতে হবে।

এই ভেবে সে নিজের মন টাকে আর একবার বুঝিয়ে উঠে দাঁড়ালো।

ইতিমধ্যে একটা ছোউ হাত এসে মুঠো করে ধরলো তার একটা আঙ্গুল, আর একটা হাত ধরলো পার্বতী।

এবং অনিল, পার্বতী আর তাদের সন্তান বিকেলের শেষ আলোয় বালির ওপর পায়ের ছাপ ফেলে ফেলে ঘরের দিকে এগিয়ে গেলো।

-: সমাপ্ত :-

চিঠি

2018

Date-13/5/18

Time-22:37

Hii, আমার নাম অভিষেক মণ্ডল। আসলে আমি জানিনা কিভাবে ডায়েরি লিখতে হয়, তাই আমি নিজের মতো করে লিখছি। যদি কোনো বানান বা কিছু ভুল থাকে তাহলে একটু মানিয়ে নিও।

আচ্ছা তাহলে প্রথমে আমার বিষয়ে কিছু বলি। আমি কলকাতার বাটানগরে একটা ফ্ল্যাট এ আমার দাদু আর ঠাকুমার সাথে থাকি। আমি কলেজ এ 2nd year এর student। আমার বিষয় এ একটা মজার ব্যাপার হলো, আমার 2 বছর আগেই মরে যাওয়ার কথা ছিল। 2 বছর আগে মানে 2016,2nd February আমি brain Cancer এ diagnosed হয়েছিলাম 3rd স্টেজ। ডাক্তার বলেছিল এই অবস্থায় আর হয়তো কিছু মাস বাঁচবো আমি। কিন্তু কে জানে কী ভাবে আমার T-cells count

আবার বাড়তে শুরু করেছিলো, তার ফলে আমি এখনও বেঁচে আছি আর এইগুলো লিখতে পারছি। সেইদিন সন্ধ্যে আমার ক্যান্সারের খবর পেয়ে কারোর পেটে আর থাবার যায়নি। ঠাকুমা হয়তো সারা রাত কেঁদে ছিলো সেই রাত। ভোরে ঘুম ভাঙতে বাইরে উর্ঠে দেখেছিলাম তাদের ঘরে তখনও আলো জ্বলছিল। ছোটো বেলায় মা মারা যাবার পর থেকেই বাবা বাইরে থাকে। বাবাকে ফোন করে আমার ক্যান্সার এর খবর টা দিতে বাবা এসে এখানে কিছু মাস ছিলো। আমি সুস্থ হচ্ছি দেখে বাবা আবার চলে যায় মুম্বাই, বাবা ওখানেই থাকে।

আমার বন্ধু বলতে ওই হাতে গোনা কটা স্কুলের বন্ধুরাই আছে। তাও স্কুল শেষ হওয়ার পর থেকে তাদের সাথে আর সিরকম ভাবে দেখা হয়নি। মাঝে মাঝে রাস্তায় কারোর সাথে কখনো হয়তো দেখা হয়ে যায়। কলেজ এ গিয়ে সেখানেও কোনো বন্ধু হয়নি, আর আমি সেরকম যাইও না কলেজ এ।

আমার ক্যান্সার ধরা পড়ার পর থেকে কেউ আমাকে কিছু বলেও না, আর কোনো কিছুতে আটকাই না আমাকে। আমার যখন যা ইচ্ছা হয় তখন তাই করি। আমার ইচ্ছা বলতে একটাই 'ঘুরতে যাওয়া'। আর এখন যখন যেখানে ঘোড়ার ইচ্ছা হয় সেখানে চলে যায়।

বাবার নিজের বড়ো ব্যাবসা থাকায় টাকার কখনো অভাব হয়নি আমার ছোটো বেলা থেকে। কিন্তু টাকা দিয়ে তো আর আমি সময় কিনতে পারবো না।

হয়তো আমি এখনও কোনো ভাবে বেঁচে আছি, কিন্তু সবসময় 1টা কথায় মাথাতে ঘোরে যে এটাই হয়তো আমার জীবনের শেষ দিন এই পৃথিবী তে। সত্যি বলতে এই অনুভব টা খুবই বিরক্তিকর। আমি নিজের ইচ্ছা মত জায়গায় ঘুরতে গেলেও কখনো এই চিন্তা টা পিছন ছাড়েনি আমার। আর হয়তো কোনো দিনো ছাড়বেও না।

এর ফলে আমি কোনো দিনো কোনো মেয়ের সাথে বন্ধুত্বও করার চেষ্টা করিনি।

কিন্তু আমার ভাগ্যে হয়তো অন্য কিছু লেখা আছে। আচ্ছা আজ অনেক রাত হয়ে গেছে বাকি গুলো কাল লিখবো।

Good night, bye

____

Date-14/5/18

Time-19:30

Hii, আজ একটু তাড়াতাড়িই লিখতে বসলাম। আসলে নতুন নতুন ডাইরি লিখছি তাই হয়তো খুব excited লাগছে। জানিনা কতদিন এইরকম ভাবে লিখতে পারবো, না হয়তো বোর হয়ে লেখা বন্ধ করে দেবো।

আচ্ছা তো কাল যেখানে ছিলাম, আমার ভাগ্যে হয়তো মেয়ের সাথে বন্ধুত্ব করা টা লেখা আছে।

পুরো গল্পটা বলি, আমরা যেই ফ্ল্যাট এ থাকি সেটা গঙ্গা নদীর একদম ধারেই। আর আমার রুম থেকে গঙ্গার খুব সুন্দর ভিউ ও পাওয়া যায়।

আমি প্রায়সময় বিকালে গঙ্গার পাড়ে গিয়ে বসে থাকি। পরশুদিন ও বসে ছিলাম, তখন জোয়ার ছিলো নদীতে। আমি হঠাৎ লক্ষ্য করলাম যে একটা ছোটো water proof প্লাস্টিক প্যাকেটে রোল করা একটা কাগজ ভেসে আসছে। আমি ভাবলাম একটা কি মুভির মতো হচ্ছে নাকি, মুভি তে দেখেছি কাঁচের বোতলে করে চিঠি লিখে মানুষ ফেলে দেই সমুদ্রতে ঠিক সেইরকম।

একটা লাঠি দিয়ে প্যাকেট টা কাছে এনে প্যাকেট টা খুলে দেখলাম সত্যি মুভির মতো জিনিস। শুধু এটা হয়তো মডার্ন যুগ বলে water proof প্লাস্টিক এ ভাসিয়েছে নদীতে।

ভিতরে একটা চিঠি ছিলো আর ছিলো একটা মাত্র কানের। আশ্চর্য ব্যাপার যে কানের ছিলো সোনার।

প্রতম এ ভাবলাম কেউ এক পিস কানের, আবার সেটা সোনার তৈরি কেনো নদীতে ভাসিয়েছে। তার পর চিঠি টা পড়লাম।

তাতে এইরকম লেখা ছিল যে -

"আমার নাম মমতা ঘোষ। আমার বাড়ি মালদায়। আজ 26 এপ্রিল, বিকাল 5:10 বাজে। আমরা নদীর ধারে বসে এই চিঠি টা লিখছি। আমরা একটু আগে একটা সোনার কানের গুড়িয়ে পেয়েছি নদীর পাড় থেকে। আসলে আমরা সবাই একসাথে নদীর পাড়ে বসতে আসছিলাম, আর হয়তো সবাই কম বেশি একসাথেই এই কানের টা দেখতে পাই। যেহেতু শুধু মাত্র একটাই কানের তাই এইটা নিয়ে ঝামেলা হচ্ছে যে কে নেবে এটা।

আর শেষ মেস আমরা এই সিদ্ধান্ত তে পৌছালাম যে নদী থেকে এসেছে জিনিস টা তাহলে আবার নদীতে পাঠিয়ে দেওয়া উচিত। তবে আমি এই নম্বর টা দিয়ে রাখছি 628996****, জানিনা এই চিঠি টা কোথায় যাবে, কবে যাবে তবে যদি কেউ কোনো দিনো এই চিঠি টা পাও আর সে যদি বাংলা পড়তে পারে, যদি নাও পড়তে পারে সে যদি কোনো ভাবে এই ভাষাটা translate করতে পারে, আর যদি সে কানের টা নিয়ে চিঠি টা ফেলে না দেই, যদি চিঠিটা পড়েও থেকে তার পর যদি তার মনে হয় কানেরটা ফিরত দেওয়ার কথা তাহলে সে এই নম্বর এ ফোন করতে পারে।

আশাকরি কেউ সোনার কানের পেয়ে আবার ফেরত দেওয়ার কথা ভাববে না। তাও যদি ভাবে তাহলে এটা আমাদের বাড়ির নম্বর। আমাদের মধ্যে যে ফোনটা প্রতম তুলবে, এই কানের টা তার হবে।"

প্রথমে তো এতো ডিটেল এ চিঠি লেখা দেখে মনে হচ্ছিল কোনো উকিল লিখেছে। তার পর কানের টা হতে নিয়ে ভালো করে দেখলাম আসল কি না। দেখে তো আসল ই মনে হলো।

তার পর সন্ধ্যে হয়ে যেতে আমি ঘর এলাম। এসে ওই নম্বর টা Truecaller এ চেক করলাম। কোনো নাম দেখালো না। নম্বর টাই whatsapp আছে কিনা চেক করে দেখলাম।

দেখলাম যে সত্যি whatsapp আছে নম্বর টাই। 4 জনের একসাথে তোলা খুবই ছোট একটা ছবি dp দেওয়া আছে, কিন্তু কারোর মুখ ভালোভাবে বোঝা যাচ্ছে না। 3টে প্রায় একই বয়সী মেয়ে আর একটা ছোটো ছেলে।

দেখে বুঝলাম এরা হয়তো 3 বোন আর এক ভাই। এই জন্যই হয়তো চিঠিতে লিখেছিলো "আমরা সবাই একসাথে কানের টা দেখেছিলাম,কে নেবে এটা নিয়ে আমাদের মধ্যে ঝামেলা হচ্ছে" ইত্যাদি।

কিন্তু তখন শুধু একটা কথায় ভাবছিলাম যে এই 3 জনের মধ্যে চিঠি টা কে লিখেছিলো?

আচ্ছা বাকিটা কাল লিখবো

Good bye

Date-15/5/18

Time-20:10

Hii, তো যেখানে ছিলাম আগের দিন। Whatsapp এ dp আছে দেখে ইচ্ছা হচ্ছিল যে মেসেজ করবো, নাকি করবো না। সেদিন রাতে মানে 12 তারিখ 10:30 এ hii লিখেছিলাম ওই নম্বর এ। Last seen বিকালে দেখাচ্ছিল। সেই রাতে আর কোনো রিপ্লাই এলোনা।

সকালে ঘুম থেকে উঠে WhatsApp টা আগে দেখলাম, তখনও কোনো রিপ্লাই নেই।

আমি প্রায় সকল 10 টার সময় রিপ্লাই পেলাম - "কে আপনি?"

আমি সব কিছু বললাম, আর আংটি টার ছবি তুলে পাঠালাম।

যেটা এক্সপেক্ট করিনি সেটা হলো, প্রথমেই লিখলো- "আপনি কি তাহলে বাংলা পড়তে পারেন কিন্তু বুঝতে পারেন না? চিঠিতে তো পরিষ্কার লিখেছিলাম, যে চিঠি টা পাবেন এই নম্বর এ ফোন করবেন। যে ফোন টা রিসিভ করবে সে ওটা পাবে। আর আপনি সেটা না করে whatsapp এ মেসেজ করছেন।"

আমি এই প্রথম বার এইরকম ভাবে কোনো মেয়ের সাথে কথা বলছি, তাও আবার অচেনা। আমি আর কি বলবো, sorry লিখলাম।

আবারো যেটা এক্সপেক্ট করিনি সেটা হলো। সে লিখলো- "আমার নাম মমতা, আপনার নাম কী? কোথায় থাকেন? বয়স কত? কিভাবে পেলেন চিঠিটা?"

এত গুলো প্রশ্ন লিখলো একসাথে।

আমি সব বললাম, আর এই ভাবে আমাদের কথা শুরু হলো।

সেদিন বিকালে আমার মাথায় এলো যে এই যে মজার ঘটনা টা ঘটলো বা ঘটছে আমার সাথে আমি কোনদিন হয়তো কাওকে এটা বলার জন্য থাকবো না, তাই এটা লিখে রেখে দিলে অন্তত পরে কেউ পড়ে হাসতে পারবে।

তার পর সন্ধ্যায় ডাইরিটা কিনে ওইদিন রাত থেকে লেখা শুরু করলাম।

আজও আমাদের কথা হয়েছে সকাল থেকে। আজ নিয়ে 3 দিন কথা হচ্ছে আমাদের। সত্যি বলতে আমরা এখন খুব ভালো বন্ধু হয়ে গেছি। আমরা এখন একে অপরকে 'আপনি' থেকে 'তুমি' বলে কথা বলি। ওর বয়স প্রায় আমারই সমান। একই মাসে জন্মদিন আমাদের।

ও সেদিনের ঘটনা টা আমাকে পড়ে পুরোটা বলেছে। ও ওর পারফেক্ট লোকেশন টা এখনও বলেনি, হয়তো আমি এখনও অজানা বলে ভরসা পাইনি। তবে বলেছে মালদার মিডিলে কোনো এক জায়গায় ঠিক মহানন্দ নদীর ধরে ওদেরও বাড়ি। ওরা 3 বোন আর এক ভাই যেমন আমি আন্দাজ করেছিলাম। ও সব থেকে বড়ো, তারপর মানসী, তারপর সোনিয়া। আর ছোটো ভাই এর নাম সৌমো।

ওরা 26 এপ্রিল বিকালে প্রতিদিনের মতো ওরা নদীর ধারে ঘুরতে এসেছিলো আর এই পুরো ঘটনা টা ঘটে।

আরো অনেক কথা হয়েছে আমাদের তবে আর মনে নেই।

আজ ওরা বিকালে সবাই মিলে পার্ক এ ঘুরতে গিয়েছিলো সেটার ছবি পাঠিয়েছিল, কিন্তু এখনও বলেনি কোনটা কার ছবি।

আচ্ছা আজকের মতো এতটাই থাক, পরের গুলো আবার কাল লিখবো, কারণ এক্ষুনি মমতার মেসেজ করলো।

Good night

____

Date-16/5/18

Time-22:16

Hii, আজ সারাদিন কিভাবে কেটে গেলো বোঝাই গেলনা। আসলে এতদিন আমরা শুধু whatsapp এ মেসেজ এ কথা বলতাম কিন্তু আজ প্রথম ও ফোন করেছিলো। আর কিভাবে প্রথম দিনেই 1 ঘন্টার বেশি কথা বলে ফেললাম বুঝতেও পারলাম না। ফোন টা ও নিজেই করেছিলো কারণ আমি চাইলেও করতে পারবো না।

কারণ এখন এই নম্বর টা আর ওর ঘরের নম্বর নেই, এটা ও পার্সোনাল ইউজ করে ওর ফোনে। আর আমি যদি ফোন টা করি, ফোন টা ওর কাছেই রাখে সারাক্ষন আমাদের কথা হয় বলে। তো ও যদি ফোন টা তোলে, নিয়ম মত কানের টা ও পেয়ে যাবে   সেটা ওর বোনেদের সাথে অবিচার হবে।

আসলে এই টা নিয়ে আমি কিছু ভেবেছি, আমি আংটি টা ওদের ওখানে গিয়ে ওদের কারোর হতে দিতে চাই, আর এতে মমতাকে দেখাও হয়েযাবে।

আসলে সত্যি বলতে কারোর সাথে সারাদিন কথা বলছি কিন্তু তার সে কেমন দেখতে সেটাও জানিনা আর কল্পনাও করতে পারছিনা, এই ফিলিংস টা ঠিক কেমন ষেনো।

আমি ওকে এখনও বলিনি যে আমি ওর সাথে দেখা করতে চায়, কারণ যে তার মুখ টাই দেখায়নি আমি অজানা বলে তাকে দেখা করার কথা বললে যদি খারাপ ভাবে।

আমি এমনি কথা বলতে বলতে ওকে অনেক বার জিজ্ঞেস করেছি ওর বাড়ির exact location টা কোথায়, কিন্তু ও মোটে বলতে রাজি নয়।

অনেক করে বলতে ও আজ বিকালে আমাকে একটা হিন্ট হিসাবে এই নম্বর টা দিয়েছে -
$2^2 \ 2^1 \ 2^3 \ 4^2 \ 2^1 \ 6^1 \ 2^1 \ 7^3 \ 4^3$

প্রথম এ তো অনেক ভাবলাম কিন্তু কিছু মাথায় এলো না। তার পর হঠাৎ মাথায় এলো যে আমরা ছোটোবেলায় স্কুল এ এইরকম কিছু একটা করতাম।

আমরা A to Z লিখতাম আর A থেকে Z পর্যন্ত 1 থেকে 26 পর্যন্ত নম্বর লিখেদিতাম। প্রতিটা নম্বরের সাথে যে অক্ষর টা থাকতো ওই নম্বরটা সেই অক্ষর টাকে বোঝাবে। কিন্তু সে ক্ষেত্রে কোনো নম্বর এর সাথে বা তার মাথায় sub number যোগ হবে না।

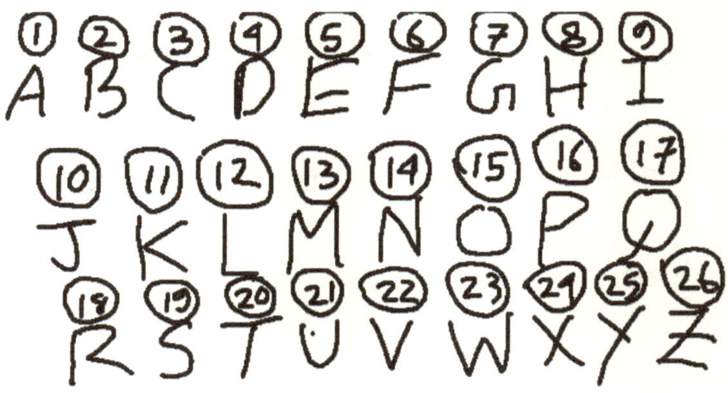

তাও আমি নম্বর টা এতে try করে দেখেছিলাম, কিছু বেরোয়নি।

মমতা জিনিসটা কঠিন বলেই পাঠিয়েছে, আর বলেছে - "এটা যেদিন decode করতে পারবে আমাদের এখানে চলে আসবে, তোমাকে আমাদের শহর টা পুরো ঘুরিয়ে দেখবো। আর আমরা নদীর পাড়ে যেখানে বসি সেখানে নিয়ে যাবো।" এটা ও মজা করে বলেছে কি না জানিনা, তবে তার পর থেকে আমার মাথায় ওই নম্বর গুলোই ঘুরছে সারাক্ষন।

দুপুরে খাবার খাওয়ার পর ঠাকুমা একবার আমাকে ডাকে ওনার ফোন থেকে বাবাকে ফোন করে দেবার জন্য। ঠাকুমা কে কত দিন ধরে সেখালাম কি ভাবে ফোন করতে হয় কিন্তু তাও গুলিয়ে ফেলে, একজন কে ফোন করতে গিয়ে অন্যজন কে ফোন করে বসে থাকে। তাই আমি গিয়েছিলাম ফোন টা করে দিতে। ঠাকুমা এখনও সেই পুরুলো keypad ফোন ব্যাবহার করে।

হঠাৎ ফোন টা নিয়ে লক্ষ্য করলাম এতেও তো প্রতিটা নম্বর এর পাশে ৩টে বা ৪টে করে অক্ষর লেখা আছে। আর নম্বরের পাশের অক্ষর গুলোকে sub numbers হিসাবেও ব্যবহার ও করা যাবে।

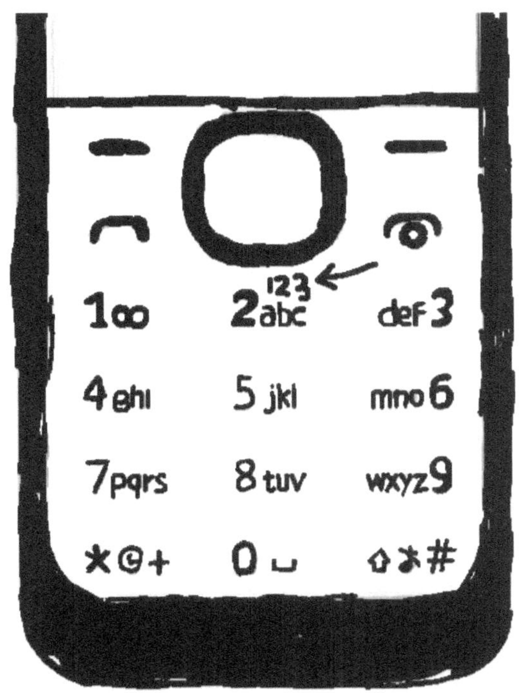

আমি তখন আনন্দে ঠাকুমাকে জড়িয়ে ধরে তখহনী ফোন টা নিয়ে ছুটে আমার ঘরে এলাম।

ঠাকুমা ওইদিকে অবাক, ভাবছিলো হয়তো হঠাৎ এর আবার কি হলো যে আনন্দে জড়িয়ে ধরে আমার ফোন টা না করে দিয়ে উল্টে ফোন টা নিয়েই চলে গেলো।

যাইহোক তারপর আমি সফল হলাম নম্বর টা decode করতে। এই নম্বর টা থেকে ($2^2\ 2^1\ 2^3\ 4^2\ 2^1\ 6^1\ 2^1\ 7^3\ 4^3$) পেলাম এই নাম টা - "Bachamari (বাচামারি)"।

প্রথম তো ভাবলাম এটা আবার কি জায়গার নাম, তার পর google maps এ সার্চ করে দেখলাম যে সত্যি এই নামে একটা জায়গা আছে আর সেটা মালদার মধ্যেই, মহানন্দ নদীর ধারে।

আমি এখনও ওকে বলিনি যে আমি নাম টা এতো তাড়াতাড়ি আর সহজে জানতে পড়ে গেছি। আমি প্ল্যান করছি ওকে এটা surprise দেবো।

আচ্ছা আজকের মতো এতটাই থাক। বাকি টা কাল লিখবো

Good night, bye

Date-17/5/18

Time-22:03

আজ সারাদিন বৃষ্টি হয়েছে। আর প্রায় সারাদিন ই আমরা কথা বলেছি। কথা বলতে যেমন ওর ফেভারিট রং কী? ফেভারিট মুভির কী? ফেভারিট খাবার কী? ও কোন কলেজে পড়ে? ইত্যাদি। আর ও আমাকে একই সব প্রশ্ন করছিলো, আমি কোথায় কোথায় ঘুরতে গেছি? কোনটা আমার ফেভারিট জায়গা? আরো কত কিছু। তার পর ওকে আমি আমার ক্যানসারের কথাটাও বলেছি আজ। ওটা শুনে দেখলাম ও তেমন কিছু রিয়েক্ট করলো না। মনে হলো যেনো ওই কথাটা ঘুরিয়ে দেওয়ার চেষ্টা করলো। তাই আমি আর কিছু বলিনি এই ব্যাপারে।

আর আজকে সকাল থেকে weather টা খুব সুন্দর ছিলো, কিন্তু সন্ধের পর থেকে যেনো জর জর মনেহচ্ছে আমার।

স্বরের কথাটাও লিখছি কারণ আজ শুক্রবার, আমি রবিবার ওকে সারপ্রাইজ দিয়ে ওদের ওখানে যাবো বলে ভেবেছিলাম, কিন্তু সেটা হয়তো আর হবে না।

আমার ড্রাইভিং লাইসেন্স ও আছে, আর দূরে কোনো এক পুরনো বন্ধুর বাড়ি ঘুরতে যাচ্ছি বললে হয়তো ঠাকুমা কিছু বলতোও না, যেতে দিতো। জাই হোক দেখা যাক কবে যেতে পারি।

আর হ্যাঁ, আজ ওর বোনেদের সাথেও কথা বলেছিলাম। সবাই খুবই সুন্দর, প্রচুর ইয়ার্কি করে। ওরা যদিও আমাকে ওদের ওখানে যেতে বলছিলো অনেক করে যাতে ওদের হয়তো কাউকে আমি কানের টা দিই। সেটা যদিও ওরা মজা করে বলছিলো বুঝতে অসুবিধা হয়নি আমার।

আজ সন্ধের পর থেকে বৃষ্টি টা একটু বেশিই বেড়েছে, এখন ডাইরি লেখার আগে ও মেসেজ করে বলছিলো যে আজকের সন্ধ্যায় ওদের ওখানে অনেক জায়গায় বন্যা আর বাঁধে ধস নেমেছে।

ও বলছিলো ওদের ওখানে এখন এইরকম দুর্ঘটনা প্রায় হয়, আর এর ফলেই হয়তো ও climate change নিয়ে খুবই সিরিয়াস থাকে। যেখানেই সুজোক পাই সেটা social media হোক বা কোনো মিছিল সেখানেই protest করতে চলে যায়। ওর কথা শুনে আমারও মনে হলো global warming এর ফলে আমিও লক্ষকরে দেখেছি আমাদের এখানেও আগের থেকে এখন বেশিই বন্যার খবর পাই। বর্ষাকালে তো কলকাতাতে গাড়ি নিয়েও যাওয়ায় যায়না।

আচ্ছা off topic, জাই হোক দেখা যাক আমার শরীরটা কবে ঠিক হয়, আর এই বৃষ্টি টা কবে থামে। কারণ ততো তাড়াতাড়ি আমি ওদের ওখানে যেতে পারবো।

Date-21/5/18

Time-20:10

Sorry, আগের দিন গুলোই শরীর থারাপ ছিলো বলে আর লেখার ইচ্ছা হয়নি। আজ শরীরটা একটু ঠিক হয়েছে। আর বৃষ্টি টাও থেমে গেছে আগের দিন। আজ তো আকাশ

একদম পরিষ্কার ছিলো। যদিও মমতার আবার শরীর খারাপ হয়েছে আজ।

কেনো জানিনা আজ মনটা কেমন হচ্ছে, মানে ওর শরীর খারাপ হওয়ায় আমাদের আর এই 2 দিন ঠিক মত কথা হয়নি। আর আমরা আগে সারাক্ষন কথা বলতাম, তো এখন যেনো কেমন লাগছে। আর আমি তো আর ওকে কথা বলার জন্য যোর করতে পারিনা।

তাই আমি ভাবছি যে কাল আমি ওদের ওখানে যাবো। ওদের বাড়ির exact location তো জানিনা তবে ওদের ওখানে গিয়ে ভিডিও কল করে দেখলে যে আমি ওখানে পৌঁছে গেছি তাহলে হয়তো ও perfect address টা বলতে বাধ্য হবে।

আর সত্যি বলতে এখন ওর সাথে কথা বলে মনে হয় ও নিজেও হয়তো আমাকে দেখতে চাই। ও কখনই ডাইরেক্ট বলেনি তবে ওর কথা শুনে বোঝা যায়।

ওকেও আমি আমার এখনও কোনো ছবি পাঠায়নি, ও আমাকে ওর ছবি পাঠায়নে বলে। তাই ওর ও হয়তো আমাকে দেখার ইচ্ছা হয়।

আশাকরি এই অপেক্ষা টা আমাদের 2 জন কে আর বেশিক্ষন করতে হবে না, কারণ আমি কালকেই বেরোচ্ছি ওদের বাড়ির পথে।

Date-22/5/18

Time-20:31

এখন বাইরে খুব বৃষ্টি হচ্ছে, ইলেক্ট্রিসিটি নেই আর আমি একটা হোটেলে মোমবাতির আলোয় ডাইরিটা লিখছি।

প্রথম থেকে শুরু করি। আমি সকালে আজ তাড়াতাড়ি উঠেছিলাম, সকাল 6 টাই। আগের দিন রাতে ঠাকুমাকে বলেছিলাম যে আজ এত দূরে একটা পুরনো বন্ধুর বাড়ি ঘুরতে যাবো। প্রথমে তো রাজি হয়নি এতো বৃষ্টি হচ্ছে বলে, কিন্তু তার পর অনেক

করে বলতে রাজি হয়ে যায়।

ঘর থেকে বেরোতে বেরোতে বেজে গিয়েছিলো প্রায় 10 টা। আসলে আমি বৃষ্টিটা একটু থামার অপেক্ষা করছিলাম কিন্তু উল্টে আরো বাড়ছিলো। শেষমেশ আর অপেক্ষা না করে বেরোলাম। যখন ঘর থেকে বেরোচ্ছিলাম জানালার বাইরে সব কিছু কুয়াশার মতো আবছা হয়ে ছিলো, দূরের কোনো জিনিস দেখা যাচ্ছিলনা।

আমি দুপুরে কৃষ্ণনগর পেরিয়ে কাটোয়ার কাছে একটা রেস্টুরেন্ট এ থেমে খাবার খেয়েছিলাম। সকাল থেকে কোনো ফোন মেসেজ করিনি বলে মমতা নিজেই ফোন করেছিলো দুপুরে, সে বললো তাদের ওখানেও ভোর থেকে খুব বৃষ্টি হচ্ছে। ইলেক্ট্রিসিটি নেই তাই ও নিজেও সকাল থেকে ফোন মেসেজ করেনি। আর ফোন টা খুব কম বেবহ্যার করছে ব্যাটারি বাঁচিয়ে রাখার জন্য। Battery power bank কিনবে কিনবে করে ওর কেনো দিনো আর কেনো হয়নি। আমি ওকে তার পর ওই রেস্টুরেন্ট আর আশপাশের ছবি তুলে পাঠিয়েছিলাম দেখানোর জন্য যে আমি ওদের বাড়ি আসছি।

প্রথম তো বিশ্বাসই করেনি, তার পর video call করতে আর whatsapp এ live location পাঠাতে বিশ্বাস করলো। আর ওকে বললাম কিভাবে আমি ওর পাঠানো নম্বর গুলো decode করেছিলাম।

আর হ্যাঁ ভিডিও কল এ আমরা 2 জনেই একে অপরকে মুখ দেখায়নি। তার পর ও শেষমেশ ওর বাড়ির address টা দিলো। Address দেখে বুঝলাম আমি বিকাল বা সন্ধের মধ্যে ওর বাড়ি পৌঁছে যেতাম কারণ বৃষ্টি র জন্য তখন রাস্তায় কোনো জাম ছিলনা, শুধু ফাঁকা রাস্তার মাঝে মাঝে জল জমে ছিল। কিন্তু বিকালে ফারাক্কা ব্রিজ টপকে সুজাপুরের কাছে গিয়ে দেখলাম কিলোমিটারের ওপর ট্র্যাফিক জ্যাম। সামনে বন্যার ফলে কোনো এক ব্রিজ ভেঙে গেছে। ভোরের আগে অন্য দিক থেকে যাওয়ার রাস্তা চালু হবে না।

আমি আবার back এ এসে সন্ধ্যায় একটা হোটেলে রুম বুক করলাম। তার পর ঠাকুমাকে ফোন করে সব বললাম। ঠাকুমাও আজ টিভিতে খবরের চ্যানেলে ব্রিজ টার দুর্ঘটনার ভিডিও দেখেছে। তার পর ঠাকুমা একটু রেগেই বললো এটাই আমার শেষ ঘোড়া আর কখনো কোথাও আমাকে এতদূরে একা ছাড়বে না। আর বললো যেনো ভালোভাবে থাকি আর সময় সময় এ ফোন করে খবর দিই কোথায় আছি আর কি করছি।

তার পর মমতাকে অনেক বার ফোন করেছিলাম সুইচ অফ ছিলো, হয়তো ব্যাটারি বাঁচানোর জন্য তখনও ফোন অফ করে রেখেছিলো।

এই রাতে এখন 20 মিনিট আগে ও ফোন করেছিলো, ফোন করেই প্রথম কথাটা এমন বললো আমি এখনও হয়তো বিশ্বাস করতে পারছিনা। ফোন করেই ও বললো "i love you", আর তার পর নিজেই কাঁদতে শুরু করে দিয়েছিলো। আমি তো প্রথমে বুঝতে পারিনি কি হলো, তার পর কিছু বুঝতে না পেরে ওকে চুপ করতে বললাম। ও হয়তো এই ঝর, বৃষ্টি আর বন্যার ফলে হয়তো ইমোশনাল হয়ে গিয়েছিল। আর ওর মনের কথাটা বলেফেলেছিল। আমি জানিনা তখন আমি কি ভাবছিলাম, আমার মুখ থেকে কিছুই বেরোইনি তখন, ওকে চুপ করানো ছাড়া।

আসলে আমি কখনো চাইনি কেউ আমাকে কখনো "i love you" এই কথা টা বলুক। কারণ আমি নিজে জানিনা আমি কতদিন এই পৃথিবী তে বাঁচবো। কিন্তু সেই মুহূর্তে হয়তো আমারও ওকে ওই কথাটা বলার ইচ্ছা হচ্ছিল কিন্তু বলতে পারিনি।

তবে এখন ভাবছিল কাল সামনে থেকে ওকে বলবো কথা টা।

Date-23/5/18

Time- 23:37

আজ সকালে আমি প্রায় 10 টার সময় হোটেল থেকে গাড়ি নিয়ে বেড়িয়েছিলাম, রাস্তা ঠিক হওয়ার পর। চারিদিকে শুধু গাছ পালা ভেঙে পড়েছিল, তবে রাস্তার মধ্যে যেগুলো পড়েছিল সেগুলো সরিয়ে দেওয়া হয়ে গিয়েছিলো। আসলে কাল রাতে একটা সাইক্লোন হয়েছিল। এদিকে অতটা হয়নি, তবে মালদার ওপরে বেশি ক্ষতিটা হয়েছে। মমতাদের ওখানে কাল কি অবস্থা হয়েছে সেটা জানার জন্য সকালে ফোন করেছিলাম, কিন্তু আজও সকালে ফোন অফ ছিলো। আমাদের আগের দিনের সেই রাতের পর আর কথা হয়নি ফোনে।

আমি প্রায় 3 টের সময় ওদের ওখানে পৌঁছে ছিলাম। গাড়ি পাড়ার বাইরে রেখে ভিতরে হেঁটে যেতে হয়েছিল। যেতে যেতে ভাবছিলাম ওদের বাড়ির লোকজন কি

ভাববে, যে এত ঝর জল আর ক্ষতির পরেও এই ছেলেটা আবার ঘুরতে এসেছে।

যখন পাড়ার রাস্তা দিয়ে যাচ্ছিলাম জুতো হাতে নিয়ে প্যান্ট গুটিয়ে যেতে হচ্ছিলো কারণ রাস্তা টা সরু আর তখনও এক হাঁটু জল জমেছিলো। আশেপাশের প্রায় সব বাড়ি গুলোরই ছোটো বড়ো ক্ষতি হয়েছিলো। কারোর কারোর কাঁচা বাড়ির মাথার ওপরের পুরো ছাদ টাই উড়ে চলে গিয়েছিলো। এই ক্ষতির মধ্যেও কিছু বাচ্চা আনন্দ খুঁজে নিয়ে তখনও জলে খেলছিলো।

প্রায় 15 মিনিট হাঁটার পর আমি হয়তো মমতাদের বাড়ির কাছে চলেগিয়েছিল। কিন্তু সেখানে গিয়ে কিছু বুঝতে পারছিলাম না। আমাকে যে address টা দিয়েছিল, তাতে লেখাছিলো যে মেন রাস্তা থেকে বাম দিকে ঢুকে 10-15 মিনিট হেঁটে এসে একটা মন্দির পড়বে, মন্দিরের ডান দিকে কিছুটা গেলেই ওদের বাড়ি।

আমি মন্দিরের সামনে তো দাড়িয়ে আছি কিন্তু তার ডানদিকে কিছুই নেই, যত দূর দেখছিলাম সব দিক বন্যার জল জমে ছিলো। তখন ভাবছিলাম যে হয়তো ও address টা মজা করে ভুল দিয়েছিল যাতে আমি এখানে এসে খুঁজি ওকে। এইটা ভেবে আমি মমতাকে আবারও কয়েকবার ফোন করেছিলাম কিন্তু তখনও তার ফোন অফ।

কি করবো ভেবে একটু এদিক ওদিক ঘুরে দেখছিলাম। আমাকে নতুন দেখে আমাদের বয়সী একটা ছেলে মাছ ধরছিলো সে জিজ্ঞাসা করলো- কাউকে খুঁজছো নাকি?

আমি অতক্ষণ অপেক্ষা করেও ওকে ফোনে না পেয়ে শেষমেশ ছেলেটাকেই বললাম যে মমতা ঘোষ নামে কোনো মেয়েকে চেনো, তার এখানেই নদীর ধারে বাড়ি। আমি ওর বন্ধু হয় অনেক দূর থেকে আসছি। সেই আগেরদিন ঘর থেকে বেরিয়ে, মাঝ পথে এইরকম ব্রিজ ভাঙার ফলে আটকে পড়েছিলাম।

ছেলেটা সব কিছু শুনেও চুপ করেছিলো। তাকে আবারও জিজ্ঞাসা করতে বললো - হ্যাঁ আমি চিনি মমতাকে, আর সে তোমাকে ঠিক ঠিকানায় দিয়েছে। ওদের সবার শেষে ওই মন্দিরের ডানদিকে বাড়ি, কিন্তু জানিনা তোমাকে কি ভাবে বলবো তবে আগের দিন রাতে ওই 11 টার সময় নদীতে বাধ ভেঙে বন্যার জল ঢুকেছিল এখানে। আর ওদের বাড়িরই সবার শেষে একদম নদীর ধারে। ভোরে আমরা সবাই উঠে ওদিকে গিয়ে কোনো কিছুই আর দেখতে পায়নি। কে জানে রাতে কখন পুরোটা ধসে চলে গিয়েছিল। ওর বাবা একমাত্র ঝর বৃষ্টির ফলে ঘরে আসতে পারেনি বলে ফ্যাক্টরিতেই ছিলো। ওই বাবা এখন হয়তো পুলিশ স্টেশন এ আছে, তুমি ওনার সাথে গিয়ে দেখা

করতে পারো।

সব কিছু শুনে আমি বুঝতে পারিনি তখন আর কি করবো বা কি বলবো। আমি কিছুক্ষন পড় ওখান থেকে চলে আসি। গাড়িতে এসে বসি, সন্ধ্যে পর্যন্ত বসে থাকি। তখন জানিনা বিকাল থেকে রাত পর্যন্ত আমি গাড়ীর মধ্যে কি ভাবছিলাম আর কি করছিলাম। আমি এতটুকুও লক্ষ করিনি যে আমি গাড়ির মধ্যে ওইরকম ভাবে কতক্ষন বসে ছিলাম। তখন সময় যেনো থেমে গিয়েছিল আমার কাছে। আমার চোখের সামনে শুধু আগের কথা গুলো মনে পড়ছিল।

আর শুধু এটাই মনে হচ্ছিল যে শেস মুহূর্তে ও কি ভাবছিল। ও হয়তো বুঝতে পেরেছিল এইরকম কিছু কটা ঘটবে তাই হয়তো কাল রাতে ফোন করে কিছু বলার আগেই শুধু "i love you" বলে আর কাঁদছিলো। ও যেনো জানতো ওটাই আমাদের শেষ মুহূর্ত ছিলো। এটা ভেবে আমার মাথায় শুধু একটা কথাই ঘুরছিলো, যে আমি যদি ওকে কাল রাতে আমারও মনের কথা টা বলে দিতে পারতাম। আমি তখন শুধু চাইছিলাম অন্তত শেষ একবার ওকে সামনে থেকে দেখতে, কিন্তু হয়তো আমার ভাগ্যে সেটাও নেই। আর সত্যি আমার ভাগ্যে কোনো মেয়ের সাথে বন্ধুত্ব ও নেই। ছোটোবেলায় মাকে হারিয়েছিলাম, আর আজ একেও হারালাম।

এখন রাত 12 টা বেজে 15 মিনিট। আমি এখন সেই মহানন্দ নদীর পাশে আছি যেই নদীটা আজ আমাকে এইখানে এনেছে। গাড়িটা নদীর পাশে সেই জায়গায় থামিয়েছি যেখানে মমতা প্রায় ঘুরতে আসতো। ও আমাকে মেসেজ এ এই জায়গাটার কথা অনেক বার বলেছে। আর আমি এখন সেখানেই এই ডাইরিটা লিখছি। লেখা হয়ে গেলে আমি কানের টা আর পুরনো চিঠি সমেত এই ডাইরি টা একটা water proof প্লাস্টিক এ প্যাক করে সেই জায়গা থেকে ফেলে দেবো যেখান থেকে মমতা প্রতম আংটি আর চিঠি টা ফেলেছিল। ওর মতো আমারো যদি ভাগ্য থাকে তাহলে হয়তো এই ডাইরিটাও কেউ কোনো দিন পাবে। আর আমিও আমার ঠাকুমার নম্বর টা লিখছি - 980486****. যদি কেউ কোনো দিনো এই ডাইরিটা পাই, আর সে যদি বাংলা পড়তে পারে বা কোনো রকম ভাবে ভাষাটা ট্রান্সলেট করে বুঝতে পারে কি লেখা আছে এতে তাহলে প্লিস সে যেনো ওই নম্বর টাই ফোন করে আমার ঠাকুমাকে এই ডাইরিটা দেই।

আর আমি ডাইরিতে শেষ একটা কথায় লিখতে চাই যেটা আজ পর্যন্ত কাউকে বলিনি আর হয়তো বলার ইচ্ছা হতেও বলতে পারিনি। আমি আমার শেষ কথা টা মমতাকে বলতে চাই।

 মমতা "i love you"

ডাইরিটা লেখার সময় অভিষেক কেঁদেছিল কিনা সেটা হয়তো কেউ জানেনা কিন্তু ডাইরিটা পড়ার পর সুস্মিতা আর তার চোখের জল টা আটকাতে পড়লো না। সবাই এতক্ষন ধরে এক মন দিয়ে ডাইরিটা পড়া শুনছিল যে লক্ষ্যই করেনি নদীর ধারের হওয়া আর বইছে না। সূর্যের শেষ আলো টা নদীর জলের সাথে কখন মিশে গেছে।

নদীর ধারে পিকনিক করতে এসে এইরকম একটা কুড়িয়ে পাওয়া ডাইরি পড়ে সবাই এত ইমোশনাল হয়েযাবে এটা কেউ কল্পনাও করেনি।

অমিত - আচ্ছা এখন ওই নম্বর টা আর চলছে কি না কেউ ফোন করে দেখতো। এত বছর পড় হয়তো আর চালু থাকবে না, তাও একবার ফোন করে দেখ। শুধু ফোন নম্বরের জায়গায় যদি ওদের ফ্ল্যাট এর ঠিকানাটা দিতো, তাহলে নয় আমারা এই ডাইরিটা ওর ঠাকুমাকে আজও দিতে পারতাম। তাদেরি হয়তো সব থেকে বেশি জানার অধিকার যে তার অভিষেকের সেই রাতে কি হয়েছিল বা সে কিরকম অবস্থায় ছিল।

সুমন - না চালু নেই নম্বর টা ফোন করে দেখলাম; সুইচ অফ। এটা 2029, তারা হয়তো বেঁচেও নেই আর।

সুস্মিতা - হয়তো ও মন থেকে চাইনি যে ওর ঠাকুমা জানুক ওর সাথে সেই রাত কি ঘটে ছিলো সেটা জানুক। হয়তো ওরা জানতে পারলে আরো কষ্ট পেতো। সেটা ভেবেই হয়তো ও কোনো address দেইনি। আর যদি কেউ চিঠি টা পেয়ে ফোন করতো তাহলে সেটা ওর ভাগ্য। ওই জন্য এটাও ও লিখে ছিলো চিঠিতে।

আমি শুধু ভাবছি যে ওর ঠাকুমা কতটা কষ্ট পেয়েছিল, ওকে বলেও ছিলো সময় সময় এ ফোন করে কি করছে, কেমন আছে বলতে। ছেলেকে কোনো দিনো কাছে পায়নি, একমাত্র অভিষেক ই ওদের সব ছিলো।

কিন্তু তারাও হয়তো জানতো না যে অভিষেক কতটা কষ্ট পেয়ে এই সিদ্ধান্ত টা নিয়েছিলো।

সুজয় - তোরা কি কেউ মমতার কথা কল্পনা করছিস না, তার কথা ভেবে দেখ এমন কাউকে ভালোবাসলো যাকে কোনো দিনো দেখেও নি আর যদিও সে তার মনের কথা টা তার ভালোবাসার মানুষকে বলেছিল কিন্তু কোনো দিনও শুনতেও পেলনা তার ভালোবাসার মানুষের মনের কথা টা।

সুপ্রিয় - আর সব থেকে বড় কথা এই কানের টা তো নকল। এ সোনা কি, এতো বাচ্চা দের খেলার কানের।

সুস্মিতা - সেটা হয়তো ওরা 2জনেই জানতো প্রথম থেকে যে কানের টা নকল ছিলো। কিন্তু এটাও ওরা 2জনে জানতো যে ওদের ভালোবাসাটা ছিলো একদম আসল।

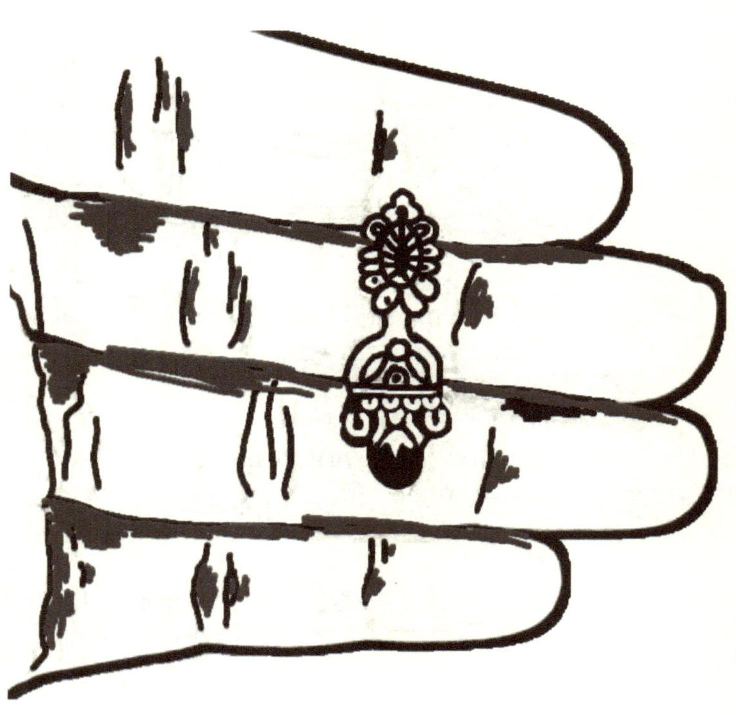

-:সমাপ্ত:-

Thanks and thoughts

Thanks

আমি আমার সব বন্ধু গুলোকে thanks বলতে চাই যারা regular গল্পঃ পড়ে না, শুনতে বা ভিডিও র মাধ্যমে দেখতে পছন্দ করে এই online instant gratification এর যুগে। কিন্তু তাও তারা তাদের সময় বার করে আমার প্রথম লেখা গল্পঃ গুলো পড়েছিল এবং তাদের wishes দিয়ে আমাকে inspire করেছিলো।

আমি সৌমিক, শুভ, অখিল, মমতা, Georgia ও আর সবাইকে thanks বলতে চাই। তাদের জন্য আমি আমার এই প্রথম বই টা লিখতে পারলাম। আর especially মমতা কে thanks বলতে চাই যে আমাকে এই বই টা লেখার জন্য সব থেকে বেশি support করেছিলো।

Thoughts

যদি তোমরা এখনও ভাবছো যে বই টার নাম তো বৃত্ত, কিন্তু একটা বৃত্ত তে গোল আকৃতির হয় তাহলে ওটা একটা চৌকো box এর মধ্যে লেখা কেনো?

আসলে বৃত্ত শব্দ টাকে আমি আমাদের জীবনের সময় cycle কে represent করিয়েছি। তুমি যদি কোনো বৃত্ত কে super zoom করো তাহলে দেখবে সেটা মসৃণ নয়, সেখানে কোটি কোটি ছোটো ছোটো বাঁক বা conner আছে। যেমন pi এর মান infinite নই কিন্তু সেটার শেষ সংখ্যা আমরা জানিনা, তেমন আমাদের জীবনেরও কোটি কোটি সমস্যা আছে কিন্তু সেটা infinite নয়, আমরা হয়তো শুধু সেটার শেষ নম্বর টা জানি না। আমাদের শুধু প্রতিটা বাঁক বা conner কে পেরিয়ে যেতে হবে।

আমরা যখন অন্য কারোর জীবনকে দূর থেকে দেখি সেটা হয়তো গোল মনে হয়, মনে হয় তাদের জীবনটা কত সুন্দর। কিন্তু তাদেরও জীবনে ওইরকম অসংখ্য বাঁক বা conner আছে। আর কখনো কখনো ওই ছোটো বাঁক গুলো চৌকো box এর ধারালো বড়ো কোন হয়ে দেখা দেই।

www.ingramcontent.com/pod-product-compliance
Lightning Source LLC
Chambersburg PA
CBHW031803150726
47989CB00006B/2867